"一带一路"沿线国家经典诗歌文库

(第一辑)

主编 赵振江

副主编 蒋朗朗 宁琦 张陵 黄怒波

文莱诗选

谢侃侃 闵申 等编译

作家出版社

"一带一路"沿线国家经典诗歌文库编委会

主任委员：
　王　博　　李岩松　　吴义勤　　赵振江

委员（按姓氏笔画排序）：
　宁　琦　　李红雨　　吴杰伟　　张　陵
　黄怒波　　黄宾堂　　蒋朗朗　　懿　翎

编译者谢侃侃

谢侃侃

现任北京大学外国语学院东南亚系助理教授,先后获得美国康奈尔大学及加州大学伯克利分校东南亚研究硕士及博士学位,研究涉及东南亚历史、民族主义运动比较、荷兰殖民史等多个领域。长期在东南亚、西欧、北美等地搜集档案或开展实地调研,运用英语、印尼语、马来语、荷兰语进行文本或民族志研究。论文发表于 Journal of Southeast Asian Studies, Journal of British Studies, Journal of the Humanities and Social Sciences of Southeast Asia, Journal of Indonesian Social Sciences and Humanities 及《南洋问题研究》《东南亚研究》等学术刊物。主持国家社科基金、中国侨联和北京大学的若干科研与课程改革项目。

编译者闵申

闵申

现任文莱大学现代语言项目主任及博士生导师，先后获得马来西亚马来亚大学硕士及博士学位，是语言学和外语教育专家。研究涉及中文、英文和马来文等多语言教育和跨文化传播与交际，同时也负责多种世界通用语言和婆罗洲少数民族语言的教学与研究工作。致力于创造具有包容性的语言学习环境，担任Educational Role of Language, Cogent Arts and Humanities 等国际期刊编辑，及Asia-Pacific Communication Appliance 等学会执行委员，主持文莱政府、文莱大学若干科研基金项目，并整理、编辑了多部文莱口头文学译著。

译者李昊朗

李昊朗

　　北京大学外国语学院二〇二一级亚非语言文学专业东南亚文化方向硕士，本科就读于北京外国语大学印度尼西亚语专业，曾赴印尼日惹国立大学交换。

译者王雪婷

王雪婷

北京大学外国语学院二〇二一级亚非语言文学专业东南亚文化方向硕士，本科就读于中国传媒大学马来语专业，曾赴马来西亚理科大学交换。

目 录

总序 / 1
前言 / 1

维贾亚
求知 / 3
因为他 / 5
为了你，朋友 / 7
庆祝盖德尔夜 / 9
开斋节的祝福 / 11

尤拉·哈林
被殖民的哭泣 / 16
我说 / 18
义务 / 19

阿迪·克拉纳
传承 / 21
彩虹 / 23
群鸥 / 24
你创造 / 25
关于爱情 / 27

阿迪·马尔海恩
渡越时间 / 29
两只海鸥 / 30

吐露 / 31

农夫 / 32

合理 / 33

亚赫亚

寻找幸福的人 / 36

希望 / 37

镜子岛 / 38

从琼巴都到孟加勒拉城 / 42

归家的渔夫 / 49

去马来语学校的路上 / 56

独立交响曲 / 60

斑鸠的歌 / 65

宴上餐盘 / 69

问候水村 / 74

斯里巴加湾，醒来吧 / 78

追问 / 81

阿迪·鲁米

饥饿更好（对自己的劝诫）/ 86

莫要遗忘 / 88

回到自己的家国 / 89

眼神凶狠的人 / 90

斗争尚未结束 / 96

猜疑不休 / 100

核问题 / 101

南宁美丽的脸庞 / 103

幽寂之地（来自心里的歌）/ 105

事件 / 106

随心漫步 / 107

东方的咆哮 / 109

中国长城 / 111

目 录

　　加里曼丹孩子的晨歌 / 113

　　天意——致工人 / 115

萨米·墨斯拉

　　致我爱的姑娘 / 117

　　襁褓里的婴儿 / 118

　　人类还未死亡 / 119

　　正义 / 120

　　心的颜色 / 121

　　自省 / 122

　　人类和真主 / 123

　　噩耗 / 124

　　愤怒 / 125

　　热带 / 126

　　死亡 / 128

　　独立的主权国家 / 129

　　宣礼声 / 131

　　深海里的鱼 / 132

　　沉默 / 134

　　爱与仁慈 / 135

　　咖啡店趣事 / 136

　　勺子 / 138

　　成功精神 / 139

　　文化市集 / 140

　　瑟拉云村 / 141

　　卡达央马来人 / 143

　　马来短剑 / 145

巴达鲁丁

　　爱之苦（写给一位朋友）/ 148

　　夜之歌（致求而不得的爱和彷徨不决的心）/ 149

　　琳东花！ / 150

3

月亮 / 151

直至明日 / 152

生命之中 / 153

水村的涟漪 / 155

阿迪·墨瑟里

恐惧 / 158

心中秘密 / 159

寂寞煎熬 / 160

张亚福

珍珠 / 163

何时再见 / 165

我和月亮 / 167

爱 / 168

风 / 169

一棵树 / 170

不寒的冷 / 172

最后我在哪里 / 174

雨 / 176

早间新闻 / 177

母亲 / 178

天选之子 / 179

退休 / 182

峇当米图斯村 / 183

进步青年宏愿 / 185

觅迹云端 / 187

流过时代 / 189

译后记 / 191

总跋 / 193

总　序

二〇一三年秋，习近平主席先后提出建设"丝绸之路经济带"和"二十一世纪海上丝绸之路"（简称"一带一路"）的倡议。"一带一路"一经提出，便在国外引起强烈反响，受到沿线绝大多数国家的热烈欢迎。如今，它已经成了我们在政治、经济和文化生活中最具活力的词语。"一带一路"早已不是单纯的地理和经贸概念，而是沿线各国人民继往开来、求同存异、构建人类命运共同体的幸福路、光明路。正如一首题为《路的呼唤》[1]的歌中所唱的：

>　……
>　有一条路在呼唤
>　带着心穿越万水千山
>　千丝万缕一脉相传
>　就注定了你我相见的今天
>　这一条路在呼唤
>　每颗心都是远洋的船
>　梦早已把船舱装满
>　爱是我们共同的家园
>　……

习主席关于构建人类"政治互信、经济融合、文化包容的利益共同体、命运共同体和责任共同体"的主张是人心所向，众望所归。联合国将"构

---

[1]《路的呼唤》：中央电视台特别节目《一带一路》主题曲，梁芒作词，孟文豪谱曲，韩磊演唱。

建人类命运共同体"写入大会决议，来自一百三十多个国家的约一千五百名贵宾出席二〇一七年五月十四日在北京举行的"一带一路"国际合作高峰论坛，就是最有力的证明。

在国与国之间，政治互信、经济融合、文化包容的基础在民心，而民心相通的前提是相互了解和信任。正是出于这样的理念，我们决定编选、翻译和出版这套"'一带一路'沿线国家经典诗歌文库"，因为诗歌是"言志"和"抒情"最直接、最生动、最具活力的文学形式，诗歌最能反映大众心理、时代气息和社会风貌。"'一带一路'沿线国家经典诗歌文库"是加强沿线各国人民之间相互了解和信任的桥梁。

"'一带一路'沿线国家经典诗歌文库"的创意最初是由作家出版社前总编辑张陵和中国诗歌学会会长骆英在北京大学诗歌研究院院会提出的。他们的创意立即得到了谢冕院长和该院研究员们的一致赞同。但令人遗憾的是，在本校的研究员中只有在下一人是外语系（西班牙语）出身，因此，他们就不约而同地把这套书的主编安在了我的头上。殊不知在传统的"一带一路"沿线国家中，没有一个是讲西班牙语的。可人家说："一带一路"是开放的，当年"海上丝绸之路"到了菲律宾，大帆船贸易不就是通过马尼拉到了墨西哥吗？再说，巴西、智利、阿根廷三国的总统不是都来参加"一带一路"国际合作高峰论坛了吗？怎么能说"一带一路"和西班牙语国家没关系呢？我无言以对。

古丝绸之路是指张骞（前一六四年至前一一四年）出使西域时开辟的东起长安，经中亚、西亚诸国，西到罗马的通商之路。二〇一三年九月七日，习近平主席在哈萨克斯坦纳扎尔巴耶夫大学演讲时，提出共建"丝绸之路经济带"的主张，赋予了这条通衢古道以全新的含义，使欧亚各国的经济联系更加紧密、相互合作更加深入、发展空间更加广阔，从而造福沿途各国人民。至于古老的"海上丝绸之路"，自秦汉时期开通以来，一直是沟通东西方经济和文化交流的重要渠道，尤其是东南亚地区，自古就是"海上丝绸之路"的重要枢纽。习主席建设"二十一世纪海上丝绸之路"的构想使其在新的历史起点上，有了更加重要而又深远的意义。

"一带一路"沿线国家主要包括西亚十八国（伊朗、伊拉克、格鲁吉亚、亚美尼亚、阿塞拜疆、土耳其、叙利亚、约旦、以色列、巴勒斯坦、沙特阿拉伯、巴林、卡塔尔、也门、阿曼、阿拉伯联合酋长国、科威特、黎巴嫩），中亚五国（哈萨克斯坦、土库曼斯坦、吉尔吉斯斯坦、乌兹别克斯坦、塔吉克斯坦),南亚八国(尼泊尔、不丹、印度、巴基斯坦、孟加拉国、斯里兰卡、马尔代夫、阿富汗),东南亚十一国(印度尼西亚、马来西亚、菲律宾、新加坡、泰国、文莱、越南、老挝、缅甸、柬埔寨、东帝汶),中东欧十六国(阿尔巴尼亚、波斯尼亚和黑塞哥维那、保加利亚、克罗地亚、捷克、爱沙尼亚、匈牙利、拉脱维亚、立陶宛、马其顿、黑山、罗马尼亚、波兰、塞尔维亚、斯洛伐克、斯洛文尼亚)。独联体四国(俄罗斯、白俄罗斯、乌克兰、摩尔多瓦),再加上蒙古和埃及等。

从上述名单中不难看出,"一带一路"沿线国家多为文明古国,在历史上创造了形态不同、风格各异的灿烂文化,是人类文明宝库重要的组成部分。诗歌是文学的桂冠,是文学之魂。文明古国大都有其丰厚的诗歌资源,尤其是经典诗歌,凝聚着国家和民族的精神和理想。各国之间的文化交流与经贸往来,既相互交融又相互促进,可以深化区域合作,实现共同发展,使优秀文化共享成为相关国家互利共赢的有力支撑,从而为实现习主席构建人类命运共同体的伟大目标打下坚实的文化基础。

"一带一路"沿线国家多是发展中国家。长期以来,我们一直比较重视对欧美发达国家诗歌的译介,在"经济一体、文化多元"的今天,正好利用这难得的契机,将这些"被边缘化"国家的传统文化和民族精神纳入"一带一路"的建设,充分发掘它们深厚的文化底蕴,让它们的古老文明在当代世界发挥积极作用,使"文库"成为具有亲和力和感召力的文化桥梁。

"一带一路"沿线国家又多是中小国家。它们的语言多是非通用的"小语种",我国在这方面的人才储备相对稀缺,学科建设相对薄弱;长期以来,对这些国家的文学作品缺乏系统性的译介和研究。从这个意义上说,"文库"的出版具有填补空白的性质,不仅能使我们了解这些国家的诗歌,也使相关的学科建设和学术研究有了新的生长点。

"'一带一路'沿线国家经典诗歌文库"的现实意义和深远影响已经很清楚了,但同样清楚的是其编选和翻译的难度。其难点有三:一是规模庞大,每个国家一卷,也要六十多卷,有的国家,如俄罗斯、印度,还不止一卷;二是情况不明,对其中某些国家的诗歌不是一无所知也是知之甚少,国内几乎从未译介过,如尼泊尔、文莱、斯里兰卡等国;三是语言繁多,有些只能借助英语或其他通用语言。然而困难再多,编委会也不能降低标准:一是尽可能从原文直接翻译,二是力争完整地呈现一个国家或地区整体的诗歌面貌。

总之,"文库"的规模是宏大的,任务是艰巨的,标准是严格的。如何完成？有信心吗？答案是肯定的。信心从何而来呢？我们有译者队伍和编辑力量做保证。

"'一带一路'沿线国家经典诗歌文库"的编译出版由北京大学外国语学院和作家出版社联袂承担，可谓珠联璧合，阵容强大。

北京大学外国语学院是国内外国语言文学界人才荟萃之地，文学翻译和研究的传统源远流长。北大外院的前身可以追溯到京师同文馆（一八六二年）和京师大学堂（一八九八年）。一九一九年北京大学废门改系，在十三个系中，外国文学系有三个，即英国文学系、法国文学系、德国文学系。一九二〇年，俄国文学系成立。一九二四年，北京大学又设东方文学系（其实只有日文专业）。新中国成立后，东语系发展迅速，教师和学生人数都有大幅度增长。一九四九年六月，南京东方语言专科学校和中央大学边政学系的教师并入东语系。到一九五二年京津高校院系调整前，东语系已有十二个招生语种、五十名教师、大约五百名在校学生，成为北大最大的系。

一九五二年院系调整时，重新组建西方语言文学系、俄罗斯语言文学系和东方语言文学系。其中西方语言文学系包括英、德、法三个语种，共有教师九十五人，分别来自北大、清华、燕大、辅仁、师大等高校（一九六〇年又增设西班牙语专业）；俄罗斯语言文学系共有教师二十二人，分别来自北大、清华、燕大等高校；东方语言文学系则将原有的西藏语、维吾尔语、西南少数民族语文调整到中央民族学院，保留蒙古、朝鲜、日、越南、暹罗、印尼、缅甸、印地、阿拉伯等语言，共有教师四十二人。

北京大学外国语学院于一九九九年六月由英语系、西语系、俄语系和东语系组建而成，下设十五个系所，包括英语、俄语、法语、德语、西班牙语、葡萄牙语、日语、阿拉伯语、蒙古语、朝鲜语、越南语、泰国语、缅甸语、印尼语、菲律宾语、印地语、梵巴语、乌尔都语、波斯语、希伯来语等二十个招生语种。除招生语种外，学院还拥有近四十种用于教学和研究的语言资源，如意大利语、马来语、孟加拉语、土耳其语、豪萨语、斯瓦希里语、伊博语、阿姆哈拉语、乌克兰语、亚美尼亚语、格鲁吉亚语、阿塞拜疆语等现代语言，拉丁语、阿卡德语、阿拉米语、古冰岛语、古叙利亚语、圣经希伯来语、中古波斯语（巴列维语）、苏美尔语、赫梯语、吐火罗语、于阗语、古俄语等古代语言，藏语、蒙语、满语等少数民族及跨境语言。学院设有一个一级学科博士点、十个二级学科博士点和一个博士后流动站，为北京市唯一外国语言文学重点一级学科。学院师资力量雄厚：全院共有教师二百一十二名，其中教授六十名、副教授八十九名、助理教授十六名、讲师四十七名，拥有博士学位的教师一百六十三人，占教师总数的百分之七十七。

从以上的介绍不难看出，北京大学外国语学院的语言教学和科研涵盖了"一带一路"的大部分国家，拥有一批卓有成就的资深翻译家和崭露头角的青年才俊，能胜任"文库"的大部分翻译工作。至于一些北大没有的"小语种"国家，如某些中东欧国家，我们邀请了高兴（罗马尼亚语）、陈九瑛（保加利亚语）、林洪亮（波兰语）、冯植生（匈牙利语）、郑恩波（阿尔巴尼亚语）等多名社科院外文所和兄弟院校的专家承担了相应的翻译工作，在此谨对他们表示诚挚的敬意和衷心的感谢。

有好的翻译，还要有好的编辑。承担"'一带一路'沿线国家经典诗歌文库"编辑出版任务的作家出版社是国家级大型文学出版社，建社六十多年来出版了大量高品质的文学作品，积累了宝贵的资源和丰富的经验。尤其要指出的是，社领导对"文库"高度重视，总编辑黄宾堂、前总编辑张陵、资深编审张懿翎自始至终亲自参与了所有关于"文库"的工作会议，和北大诗歌研究院、北大外国语学院的领导一起，精心策划，全力以赴，保证了"文库"顺利面世。

最后还要说明的是，"'一带一路'沿线国家经典诗歌文库"得到了北大校领导的大力支持。"文库"第一批图书的出版恰逢北京大学建校一百二十周年（一八九八年至二〇一八年），编委会提出将这套图书作为对校庆的献礼。校领导欣然接受了编委会的建议，并在各方面给予了大力支持，校党委宣传部部长蒋朗朗同志从始至终参与了"文库"的策划和领导工作。至于北京大学外国语学院的领导更是责无旁贷地承担了全部翻译工作的设计、组织和落实。没有他们无私忘我、认真负责的担当，完成这样艰巨的任务是不可能的。

"'一带一路'沿线国家经典诗歌文库"第一批诗作即将出版，这只是第一步，更艰巨的工作还在后头；更何况随着时间的推移，"一带一路"的外延会进一步扩展，"文库"的工作量和难度也会越来越大。但无论如何，有了这样的积累，我们完全有理由相信，"'一带一路'沿线国家经典诗歌文库"会越来越好。为了实现这样的目标，我们期待着领导、业内同仁和广大读者的批评指教。

赵振江

二〇一七年秋

于北京大学蓝旗营寓所

前　言

文莱，位于东南亚婆罗洲北岸的一个袖珍小国，宛如一颗闪亮的明珠，静静躺卧在翠绿的丛林和碧蓝的海洋之间，散发着独特的魅力。曾经，这里是东南亚的商业中心，闪耀着辉煌的航海时代的光辉。如今，古老的建筑仍然在城市角落中悄悄诉说着过去的荣光。这片土地物产丰饶，沉淀着丰富的石油资源。石油之泉不断涌动，为文莱带来引以为傲的财富和繁荣。

文莱人热爱和平，尊重自然，崇尚信仰。在这里，包括马来人和华人在内的多元种族和平共处。他们深深扎根于这片土地，共同见证经济发展、民族交融和时代变迁。茂密的热带雨林、清澈的河流和绵延的海岸线在这里孕育着壮丽的珊瑚礁，以及极其丰富的物种资源。伊斯兰教的教义渗透到社会生活的各个方面，滋养善良淳朴的民风，为人们带来宁静和力量。同样，还有马来诗人们，用笔赞颂着这一切。

马来诗歌起源于歌唱，富有节奏且易于口头传唱。传统的马来诗歌早在文字记载之前就以口头形式传扬马来民族的风俗、历史、人物和信仰。它不仅是文学艺术的产物，同时也是马来民族保存习俗、塑造个性和传播教育的媒介。随着历史的发展，马来诗歌逐渐演变成为抒发个人思想情感、记录社会生活和促进相互交流的工具。

"文章合为时而著，歌诗合为事而作。"诗人往往怀揣着历史使命感。他们将对时代的关注和思考炼化升华，铸造成思想的花朵，并用其馨香沁人心脾。在文莱，马来诗人们创作了无数美丽的诗句。其中有些经受住了时间的考验，成为跨越种族、国界和时代的经典之作，与一代代人们的心灵产生共鸣。

在这本书中，我们精选了一批享有盛誉的文莱马来诗人的作品。这些诗人在马来诗歌领域获得了广泛认可，取得了显著的成功和声望。他们中的许多人曾获得区域或国家文学奖项，使他们的作品成为文莱马来诗歌主题和主流思想的代表。

这些诗人来自不同的背景和经历，代表了不同社会阶层和职业的声音。其中包含了政府官员、乡村教师，还有穆斯林学者和普通商人。他们之中，既有马来人，也不乏接受马来语教育的华人。这种多样性使他们的作品涵盖了广泛的主题和风格，从不同角度展示出文莱人民的精神面貌和情感世界。

与马来西亚和印度尼西亚等其他马来语地区不同，文莱的马来诗歌在描绘大自然时往往强调独特的神秘感和审美美感。从起伏的山脉到宁静的水流，从茂密的森林到多样的野生动植物，这些诗人用细腻的笔触和生动的隐喻描绘了文莱大自然的奇妙之美。读之可以感受到清晨的微风、雨后的花香和阳光照耀下的绿意，并被这份自然的力量所感动和启发。

文莱的马来诗歌还强调对传统文化的尊重和传承。通过描绘传统节日、民俗活动和艺术表演等元素，向读者展示出文莱独特的文化魅力。诗人们还常常表达对文莱国家的认同和自豪感，他们用激情洋溢的词句歌颂文莱的成就和繁荣，展示出对国家的深深热爱，以及文莱人民的团结、坚忍的集体意识。

文莱的马来诗歌如一道风景线，综合展示着宗教情感、自然描写、文化传统和国家认同，为读者打开了通往文莱的心灵之窗。希望这本书能引导读者进入文莱马来诗歌的殿堂，领略其艺术魅力并激发出思想的火花。

本诗集选取了十位诗人的作品，其中亚赫亚、阿迪·鲁米、巴达鲁丁、维贾亚、尤拉·哈林、阿迪·马尔海恩、阿迪·克拉纳几位诗人，都曾获得东南亚文学奖（S.E.A. Write Award）。东南亚文学奖自一九七九年起每年颁发给东盟各国的优秀作家作品，也被称作东盟的诺贝尔文学奖。此外，诗集也收录了萨米·墨斯拉、阿迪·墨瑟里、张亚福等诗人的作品，他们同样是长期活跃于文莱文坛的知名作家，其诗歌各具特色、极具代表性。

编译者

维贾亚
（一九二一年至二〇二一年）

原名为拿督哈吉·阿旺·穆罕默德·贾米尔·阿尔苏弗里，于一九二一年十二月十日出生于文莱卡达央河村。他于一九九〇年获得东盟文化奖，于二〇一〇年获得东南亚文学奖。

维贾亚是文莱文学和历史领域的杰出人物，他在语言、历史、教育和文化领域的丰富贡献获得了国内外的认可。他凭借丰富的学术工作和重要贡献，在文莱的知识遗产上留下了深刻的印记，并创建了文莱历史中心。

一九二八年至一九三五年，他在文莱首都的马来语学校接受早期教育。一九三九年至一九四一年，在丹绒马林的苏丹伊德里斯教师培训学院学习，后因日本占领而停课。一九四七年至一九四八年期间复课，并获得学位。一九四四年至一九四五年，在古晋的坎里—约塞约的培训中心学习。一九五〇年至一九五一年就读于沙登农学院。一九五六年至一九五七年，他在英国伍斯特师范学院继续学业。一九六八年获美国印第安纳科学院文学博士荣誉学位。一九九三年九月十六日，他在文莱大学第五届毕业典礼中，被授予文学博士荣誉学位；在一九九二年九月二十三日文莱达鲁萨兰国教师节上，被授予杰出教师称号。

在被任命为文莱历史中心主任之前，维贾亚曾历任教师、校长助理、教学法顾问、语言署主任、语文局主任、语文局主任顾问和教育委员会主席等多个职务。一九五九年至一九八三年期间，他曾担任州委员会成员。一九五九年后担任皇家委员会成员。

维贾亚从一九四〇年代开始写作，对历史、语言、文学、文化和教育等领域兴趣浓厚，至今已有众多成果出版：《拉基斯沙意尔诗歌研究》《文莱教育政策实施计划：文莱国家教育委员会报告》《文莱的历史背景》《文莱谱系》《文莱实现独立的曲折斗争》，与尤拉·哈利姆合著《文莱史（第一卷）》。此外，维贾亚有多篇文章被收录在文莱语文局的《文化大纲》和文莱博物馆部的《文莱博物馆杂志》中，多篇诗歌作品发表于报纸《每日之星》，出版有诗集《上苍的启示（二）》《明日今朝》。

求　知

黄色、白色、黑色皮肤的人们
手牵彼此
国家的美好蓝图
脑中描绘
社会未来的命运
奋勇开拓

如果尚且不知
勿像知者自矜
询问博学的学者
钻研知识经典

好比农民背着称手的长刀
渔民带着熟悉的钓竿
如果自恃博学
为何循规蹈矩
现在更应求知
如今头脑比拼正酣
人类已能登月
原子弹升腾成云

我求知
谁亦求知
（你亦求知）
全知的真主
最为公平

求知

噢，求知吧

一九六六年八月二十四日

这就是我的祝愿
让神倾注恩泽灵感
为了让所有人明了,一致朝着圣洁的目标

　　　　　　　　　　一九六七年九月十五日

维贾亚

为了你，朋友

你啊，是被依赖的人
几乎气馁的孩子们
被沉重遏制，破坏信仰的恶鬼缠身

你啊，是希望之人
是孩子们生活的避难所
永栖在继承的土地
你的嘱咐仍然鲜活
在心中燃烧成为精神象征
繁茂生长不愿消逝

如果，你不是
不再会成为欲望的支点
散开破碎的心，成为马尔嘎·帕克西[1]的食粮
你一定认识
很多戴着面具的友人
他们嘴似蜜糖
不知不觉中破坏圣洁的愿望
说服合适的买家
就像树枝的楔子劈开树干[2]
用蓝色碎片交换传家宝物
画面已经清晰

---

1 马尔嘎·帕克西：英雄史诗《杭·杜亚传》故事中的一个人物。杭·杜亚陪马六甲国王在满者伯夷时，杭·杜亚与满者伯夷派来杀死他的马尔嘎·帕克西发生了冲突，杭·杜亚使用计谋杀死了马尔嘎·帕克西。
2 文莱谚语，意为被信任之人背叛。

真实的象棋围困灵魂
为了追逐民族阵线的继承者，前往炽热的荆棘地。
土地虽然凋敝
人民阵线的宝藏埋在心中
种子也将长出绿色新芽

如果真的勇敢无畏
没有法宝能令你改变心意
蜂蜜只能满足口腹之欲，不能积蓄能量

时机已到
烹饪自己的美味
厌倦刺激味蕾的菜肴

不要犹豫不定
依照神圣的意愿继续任务
开创民族阵线继承者的生活

愿望没有消逝
这仅仅是土地遗产的存留
来自被巨人分割的土地的残片

恩赐不被尊崇
但以真诚的赞美之心接受
安放于适宜之处

请接受我的祝福
来自永恒圣洁的心
让真主降下指引永葆你的虔诚

一九六七年十月十八日

庆祝盖德尔夜[1]

斋月第十七日
幸福的夜晚
当回忆起智慧的历史
《古兰经》启示世间一千四百年
衷心地欢迎庆祝
心的视野回顾十四世纪

光明诞生之夜
为照亮穆斯林的心
看到圣洁教导的智慧
永存
未因时代影响而黯淡
而是坚立成为指南

多么崇高的时刻
穆斯林是多么幸运
享受圣书的教导
无法估量的恩赐
引领人类走向正确之路
顺应天意

你没有领悟吗
这样恩赐的夜晚

---

[1] 盖德尔夜：伊斯兰教节日，意为高贵之夜，真主在这一夜首次降下《古兰经》文。

圣洁的经文降下
但你还不识
真理和神圣
未遵循圣训

希望真主
在恩赐的圣洁的节日
带来庇佑和启示
启迪你心灵之眼
认识何为真实
回到路的起点

并且此后
圣光成为你的精神
发展繁荣的精神
继续迎面向前
面对神圣的任务
为了国家和民族

希望这一历史性的庆祝节日
它的回响在你心中燃烧
你圣洁的精神继续存在
不会因劝诱而黯淡无光
不会因阻碍而断裂
而是继续发展，钟爱真理

一九六七年十二月二十一日

开斋节的祝福

你难道不是
爱着你的兄弟姐妹
总是
红了眼眶
来自灵魂深处的痛
因哀伤而日渐形销

你难道没有
悲伤地看着你的母亲
成为被争夺之物
被高价而沽
被野蛮的欲望
玷污美丽的外表

你难道不是
看见蒙面的蟋蟀精怪[1]
假装成你的密友
蛰伏在你的脚下
极尽你的欲望
用黄金蒙住你的心

你难道没能
识破蟋蟀精怪的诡计

---

1 蟋蟀精怪：原文为 pelesit，是马来西亚传说中的一种精怪，原形为蟋蟀、蚱蜢，喜欢吸血或吃儿童身体，会使人精神错乱。

为了诱使你的兄弟姐妹

去燃烧的荆棘之山

成为装饰的雕塑

吸引游人

你难道不能

明了深意

蟋蟀精怪们放肆游荡

纷纷想要俘获我的心

掩盖你对重病的兄弟姐妹

爱的注视

你难道不是

钻研世间的奥秘

反倒叫精灵鬼怪

窃去了传世的灵宝

它们暗里作乱

将人心诱离正途

你难道不是

听到新闻

游荡的精灵鬼怪

在城市和乡村里

用老鼠的耳朵窃听

为了买下原来的灵宝

你难道没有

看到新鲜的面庞

虽不相识

却带来许多宝藏

于是又能努力
找到兄弟生活的方向

确实如此
并且我已明了
已经习惯生活于世上
在人类彼此之间
也有其边界
而且不是因为精怪

我想
你明白
你理解
你认识到也领悟到
因为你是聪慧之人
而且拥有真正的爱

但
莫失良机
莫等到茅草茂盛
莫要和兄弟分离
直到不再期盼哥哥的爱
各自生息

希望真主
和开斋节的祝福
恩赐于你
上苍的启示指引
让你改变步伐
回来引领你的弟弟

如果谁信仰精怪

供奉精怪

并且那样也

没能得到兄弟的爱

就已经确认

真主是唯一且无与伦比

这是我的祝愿

我为了你请求真主

为了你继续爱着兄弟

他们至今仍爱着你

为了让你不要被迫

在精怪和兄弟之间择一

一九六七年十二月三十日

尤拉·哈林
（一九二三年至二〇一六年）

原名为彭吉兰·瑟迪亚·纳加拉·彭吉兰·哈兹·穆罕默德·尤索夫，于一九二三年出生于都东县甘榜甘当。他于一九九三年获得东南亚文学奖。出版有诗集《旧银盘与鬼譬喻》《咬文嚼字》等。

他于一九三二年在马来半岛苏丹伊德里斯教师培训学院肄业，毕业后返回文莱成为助教。他后来成为文莱知名的政治家、外交家和作家。他于一九六七年至一九七二年间担任文莱的首席部长，创作了文莱国歌《真主保佑苏丹》（*Allah Peliharakan Sultan*）的歌词，为文莱的国家认同作出重要贡献。他在政治、外交、文化和历史领域的多重角色中表现出色，获得众多荣誉头衔和奖项。他一直致力于促进和平、友好的国际关系和国家的繁荣，是文莱社会和国家发展的杰出推动者。

被殖民的哭泣

吾突然想起
想起负担的命定
穷得被侮辱眼界短浅
彻底的改造感觉舒适
吾感叹以为得好处
民族的命运国家的福祉
生活被压榨痛苦自知
痛啊……我的苦楚

响亮而悦耳的"马来人万岁"
不调和的声音"默迪卡[1]万岁"
让吾想起上世纪
古国的黄金时代

如今吾因痛苦而哀吟
生活拮据贫穷得可以
被贫困的生活围绕着
"在井边忍耐着口渴。"

内心感觉疲倦与厌恶
感觉生活疲倦而劳累
眼眶中淌下了泪水
在生活的暗处独自揩汗

---

1 "默迪卡"是马来语"独立"的音译。

吾忆起——
生活意味着斗争
为了它内心漂泊
必须坚信最终的胜利

吾感觉——
吾的血是流淌着的活血
如今虽被蹂躏
时辰必接踵而至

吾想起——
祖传大地的美丽面貌
纵使献出生命
只要为了民族与国家的独立

一九四七年

我 说

他们继续说
眼见为实，也许是吧
听觉也正确，也好
古谚说：听闻多而确信少

我仍说
勿信视觉，无非表象
勿信听觉，故事而已
凡事先确证真伪而后判断

一九六一年八月一日

义 务

朋友，世间如一棵树
我们如悬挂着的果子
酸涩未熟
青嫩无力挣脱自己

一旦熟透了落地
树卸下重负变轻松了
愚昧和疏忽如青果子
吸着血如未降世的婴儿

一九五二年七月七日

阿迪·克拉纳
（一九三四年至一九九六年）

原名为易卜拉欣·哈吉·穆罕默德·赛义德。出版有诗集《云层后》。于一九八九年获得东南亚文学奖。

传　承

如果被问起
你从哪里来？

假设说：
这是我们人类的土地
浪涛和海洋
是传统的
鼻息与血脉

你因何疑虑？
是因你将被排除
只因你的土地
只剩一小片
你的鼻息和血脉
凝固且已中断？

假设说：
我们是传统的儿子
源自土地和时代
无须再忧虑
或颔首放弃
或在哭泣中死去

因为生与死
已注定交给
泥土和大地

只因如此
　　我们愿意牺牲

　　　　　　　　　　　　庞理马路
　　　　　　　　　　　　一九六一年三月

彩 虹

细雨
和黄昏
在湖岸边

多让人兴奋
彩虹跨过云朵
和午后的阳光

隐约间
有渔夫的脸庞
和他的小舟

他的划动
反潮流
而他内心深处
在遥远的彩虹尽头

丹绒都东海滩
一九七八年一月

群　鸥

天幕只有
一条自海岸伸出的
长长的地平线

当夕阳
落入
地平线
下方

清晰明澈的群鸥叫声
远远鸣着飞来
一个永恒的怀念
来自某些
迟到

东姑
一九八七年六月

你创造

在无止境的时光流转中
为什么你创造了黑夜与白昼?
如果你让夜晚比白昼
更长
或者让白昼比夜晚
更久
万千星星的亮光不比
一颗白昼的太阳
而耳聪目明的人类
依然心盲
纵使眼睛明亮

倘若我曾经迷恋
如今我晓得那无非是虚伪的
疯狂的欲望
而对你的爱
焚毁了自己
如烛火
自我融化

此生为人
如前后逐涌的
海浪
扑向沙岸
虽然她晓得那是最终的
结局

你创造的浪花毫不言倦地

向前飞扑

人类亦不断追逐

却不知

目的为何

直到与你相遇

她方停止

恰如拍岸后

停歇的浪花

让沙滩吞噬

你创造了大自然

你创造了白昼

你创造了海浪

和沙滩

你让这颗心

怀念

一直到她成为追逐沙滩的

浪花

虽然有时候她晓得

扑在沙滩上的是

死亡

麦地那
一九八八年七月

关于爱情

如忠犬
等待主人
因只有一根黏附着
残余碎肉的
骨头

如白鹤
喜欢河流
只因鱼栖其间

人类如此
自我束缚
只因某些
钟爱的东西
如扑向烛火的
飞蛾
死了只因
对烛火
有爱

幸福间
一九八九年二月

阿迪·马尔海恩
（一九三八年至一九九六年）

原名为莱曼·艾哈迈德，属于文莱文坛五十与六十世代作家。其诗作收录于《文莱诗歌选》《努山塔拉诗选》等。一九八八年获得东南亚文学奖。

阿迪·马尔海恩

渡越时间

他一旦奔跑
思念总被逮着
可承诺是否仍存在
死不带走？

倘若他飞速奔跑
如飞扬的尘土
宁愿他选择缓慢
且从未抵达

他到来只为了消息
何况渡越一再重复
纵有忧虑且让历史证实
谁最有能耐等待
在时间尽头！

一九八七年

两只海鸥

两只都在
光线和美之间寻觅
树木的青苍
只为了采摘它的果子

我没有立即生疑
接受灰色的微笑
因为所有的
爱与呵护
绝不到其他地方

但我伸出这只手
让你铐起
只要我的位置仍在
一如承诺的那样

一九八七年

吐　露

我们有太多的不同
我继承了什么血缘
连脸庞也转灰
我该说些什么好话
作为未来日子的护身符
我该看什么脸
直到他的脸庞发光
我该看什么影子
让我看见所有的疾病
如果我所有的要求落空
您是我唯一的吐露对象

农　夫

在时光的纷扰中我把干旱摊开
你心中的礁石可已融化
恋人的泣声靠近窗前向月儿招手
你仍在把玩那一块伤感吗?

树枝上的鸟儿和着风声啁啾
能否唤醒朝阳的晨曦
海口的孩子们在梦里呜咽
能否唤回在外劳作的农夫

在过往年日的磕绊中
眼界虽如原野般辽阔
田鼠和麻雀始终不得不闻稻香

一九八七年

合　理

在这场竞赛中
无论哪一个项目
你总是失败
纵使你的参与
有千种期盼

如果有人拿你的失败说事
或讪笑
是因为他们不曾学习历史
人类
有太多局限

虽然如此
我们不曾错过
观赏初升的旭日

　　　　　　　　　　　　一九八七年

亚赫亚
（一九三九年至二〇二二年）

阿旺·亚赫亚一九三九年八月二十一日出生于文莱水村，是文莱最负盛名的诗人之一，一九八七年获得东南亚文学奖。他曾用笔名包括"亚赫亚 M.S.""英雄颂者""由斯拉·哈里利"和"婆罗洲之影"。

亚赫亚于一九六二年自马来亚伊斯兰学院毕业后，于一九六三年在同一所学院取得教育学文凭。他曾到埃及爱资哈尔大学留学，并于一九七一年取得阿拉伯语文学学士学位。之后他于二〇一三年九月三十日在马来研究院取得哲学博士学位。

亚赫亚将自己的一生奉献给了宗教和文学事业，并获得许多荣誉。他曾先后在宗教学校与国家宗教部门就职，也曾担任作家协会第一任会长、文莱青年委员会正式成员、文莱伊斯兰宗教委员会代表。

他一生著作颇丰，著有诗集《二十季的归程》《穆斯林的归途之歌》《明日之歌》《努山塔拉诗歌》《文莱马来语文学诗选》。另参与合著多部作品，包括诗歌选集《一九四二至一九六〇马来语新诗》《呼喊》《神示（卷一、二）》《圣训讲坛（卷一、二、三）》《协议》，诗集《文莱诗歌》。

他是马来语言大师，在文莱文学界备受尊敬。

他在诗句中大量使用与水村生活和环境相关的词语，反映了最纯粹的文莱生活场景。他的作品因其美感、深度和对人类社会的洞察而备受赞扬，被誉为文莱文化和历史的珍宝库。

寻找幸福的人

这些故事都将成为记忆
那些戴着吊索等待死亡的人
那些书写哀叹命运的人
那些靠钓钩渔网维持生计的人
那些在地里刨食希冀幸福的人
那些靠残忍剥削攫取名利的人
都终将得到各自的报应
那些出卖尊严求生存的人
组成了这社会的彷徨熙攘
那些人为了品尝蜜汁而甘作花瓶
然而盛放的花朵都将凋零
再放的时日则遥遥无期
我希望这故事得以终结
愿这招人憎恶的故事消隐无踪
愿来日一切幸福开悟喷涌而出

一九五五年十月九日

亚赫亚

希　望

时光悠悠岁月流转
前仆后继生死如梦
从无到有直至壮大
人民阵线坚忍屹立

树影之下叶茂根深
灌木之中婆娑幽幽
我等待他们到来
我守候他们归乡

夜色退去足迹渐隐
我仍静默不动站立
我心沉寂焦灼不定
希望之船渐行渐近

我们的母亲终于到来
我们的父亲接踵而归
圣洁的理想坚如磐石
我们将成为自由之民

我心怀赤子之心
盼望解放挚爱的祖国

一九五七年二月二十四日

镜子岛[1]

一

王冠沉没的那片海洋
炮火轰鸣作响
城市被黑烟吞噬
承载着所有秘密仇恨和过往

王冠沉没的那片海洋
在夜晚呼唤我
惨白的月亮映出思念的辉光
"我是过往历史的碎片。"

王冠沉没的那片海洋
如果歌声消逝,我将与之一同沉没
只可怜孤母独守被弃之家
因为父亲已去征战四方

二

太多东西行将远去
遥望的目光亦无法将其召回
太多东西将成回忆

---

[1] 镜子岛是位于文莱河口的一个小岛,在文莱内战期间,这个岛上发生了著名的镜子岛之战。

在不绝的泪水中褪色模糊
太多东西即将终结
雨天也终将过去

在我第一个孩子出生后
我乘着帆船去看望祖母
"水底沉没一座王国的石基"
她在乌有的坟墓中发出劝告
"我已在干渴中死去
来到这里的人也将经受磨难"

镜子岛上墓石垒垒
我们终年泣声不断
城市被黑烟吞噬
承载着所有秘密仇恨和过往

三

王国沉没的那片海洋
在夜晚呼唤我
惨白的月下轻吟思恋的歌
我是历史沉淀的碎片

太多东西行将远去
我们悲泣失去的希望
太多东西即将终结
雨天终将过去

镜子岛上终日沉寂

石头亲吻海浪然后销声匿迹
我又看到人的斑斑血迹
树叶婆娑呜咽令人心悸

镜子岛上彻夜悲戚
黑夜乘风追猎残月
哭声中我忆起白骨遗迹
怀恨颤抖着发出誓言

四季流转白驹过隙
镜子岛上愈发忧戚
岛上歌谣日渐衰弱
呼唤我这无依的孤儿

四

季节流转消逝海里
千帆过尽于港口绝迹
越来越多东西成为回忆
在回忆中我们唉声叹气

这个月的风吹来
叫我提壶
汲水，浇灌
浇灭寂静中生起的火苗

我嫉妒我的爱
它得以散逸于岛石嶙峋的海口

五

太多东西行将远去
留我们思恋悲戚
太多东西将成为回忆
叫我们睁眼回望心如针扎
太多东西即将终结
但爱的呼唤贯彻始终

我的生活被追逐
码头的石头说：它们
感动于月下的歌谣。新月
请你拥抱我

季节流转白驹过隙
镜子岛上愈发幽寂
我又看到人类的斑斑血迹
坟前的哭声惹人心悸
我伸出双手敞开胸襟等待
我坚毅的孩子们心向何方？

一九六二年五月十一日

从琼巴都到孟加勒拉城[1]

一

从琼巴都沿村落而行
碧波青青鱼儿结群
呼吸自在偶食毒饵
摩托疾驰留下轰鸣尾音
日夜不息疾驰而过
甚至一度与人血混杂
（我奶奶说：黄昏时分
一切都染上晚霞的颜色）
在这里詹姆士·布鲁克[2]点燃炮火引线
威逼利诱将这片土地奴役

亲爱的
这就是饱经风霜的家乡
这里的子民经历过战争也享受着和平

石砌的双道码头处
停靠来自日本和巴拿马的船只
（乘客中还有来自新加坡的娼妓）；
亲身经历的人才能体会
咱们低头哭泣擦干泪痕

---

1 琼巴都和孟加勒拉城均为文莱地名。
2 詹姆士·布鲁克：出生于英属印度的英国探险家，后成为砂拉越总督。

亚赫亚

谁不是人前欢笑人后哭泣
暑气蒸腾仍忍泪卖笑
尊严终究被饥饿吞噬

看看脸,要睡,去哪儿——
啊,好像还有点害羞青涩
(仿佛人是案板上的肉
任人凭感觉挑挑拣拣)

二

都东路上红土泥泞
当国会大厦拔地而起
四壁熠熠
似有千般言语诉说
而一年过去
也只够将一页纸填满

谁又能开拓思路
谁又能拓展思维
啊,亲爱的我们来日完婚,待你成为人母
也未必能见证今日的规划

亲爱的,来日我们搬家到陆地上吧?
啊,这长久的水上生活哟
已经五年了,我弟弟都上了四年级
陆地上完工的屋子也不过零星几间[1]

1　文莱曾推行国家住房计划,部分水上居民搬迁至陆上。

43

车进车出，漂亮的院墙
丁点烟灰就毁了整个计划
我们一起憧憬一起期望：
"亲爱的，我们可以在那年那月等待宝宝降生。
啊，只不过八字还没有一撇。"

亲爱的
这就是我们未来的家
暂且画饼充饥望梅止渴

三

遮鲁东[1]，树木干渴
请求清水的浇灌
海滩怀抱热情的海浪
周日晚上情侣三两经过
摘露采月诉说彼此的思念
（令我想起艾斯普拉纳德、武吉免登、峇都路[2]）
流连忘返，情欲绵绵

有人知晓了也不必被责备
脓液排出才好疗伤
背过身人们尽可以杜撰文字
用最精彩的语言描述最肮脏的躯体：
这就是圣人的土地
传说虔诚跪拜
能求来永恒的福泽

---

1 遮鲁东：地名，位于文莱摩拉县。
2 艾斯普拉纳德、武吉免登、峇都路：均为文莱夜生活区。

明日周五我们在教坛旁相遇
祈求真主听到我们的呼喊
人类啊，这世间不过幻梦一场
在其他的世界里我们还有数不尽的悲伤与快乐——
若垂头丧气失去信心
我们的生命也会白白流逝其中

四

都东河口有佛罗里达一样的沙滩
只是没有比基尼而只有车辙的印痕
留下轨迹和嘶鸣的回音
即使被发现，也没什么大不了
待哪日未央再尝试一次
（趁法警还不能掌管全世界）
但是，咱们自己心知肚明——
是谁轰鸣而过
一切都被注视书写扫除
说太多也只是无用

前方出产银白色的石英砂
（人们却说它不适合贸易买卖）
即便做出的玻璃形同鸡肋
直到所有商机都失去
只有亲自评估的人才能了解
谁还不是谨慎保守
在此也不必多言
无须再说什么犹豫害怕和胆怯

五

远处点起高高的火炬
亲爱的,这便是我们土地上的财富之矿
人类将石油悉数采掘
尽管一切并非全归我们所有
壳牌石油,克拉克石油,采掘者纷至沓来
海底地腹都要细细挖掘筛查
终日开掘连一缕油气也不放过

亲爱的,你要知道——
地下的石油逐年减少
终有一日枯竭:
"亲爱的,到那时我们怎么办?
问问唐宁街欠下我们多少
债务
但我们不必讨论如此广阔的话题
明日总会来临太阳仍然升起。"

终日坐在潮湿阴冷的桌旁
桌上纸张散乱又增新章
迟疑难决填上哪两三处墓穴
所有的预言都只是修饰悲怆和妒忌

亲爱的
这就是咱们即将安家的地方
连同即将呼吸尘世誓言的孩童一起
重建的力气尚存,只是
旁人到来将其阻挠摧毁——

看他的面孔推断他的年龄

啊，会心知晓无须说出他姓名

六

你读读孟加勒拉的故事吧[1]

爱恨情仇裹挟血迹弹痕

红白绿三色旗[2]飘扬三日

不久便被风暴摧毁

（在这里阿扎哈里[3]

幻想人民党可以竞选总理

所幸呐喊声如此短暂

叛乱的烟火迅速平息）

恢复常态

还得继续努力克服挑战

从琼巴都到孟加勒拉城

沿途有鱼获、石油还有石英砂

摩托和汽车轰鸣着讲述故事

日夜交错的繁华世事

觉醒与迷惑间

亲身经历的人才知晓

虽然我们一起流泪

但也有可能是大笑的眼泪

亲爱的

---

1 指一九六二年文莱爆发的反对君主制、意图加入马来西亚联邦的起义。
2 红白绿三色旗：文莱人民党标志。
3 阿扎哈里：文莱一九六二年反君主制叛乱中文莱人民党领袖。

要对家乡充满希望
共同热爱一起努力
为咱们还未出世的孩子
建设一片辉煌的土地

罗龙·斯库纳村
一九六四年四月十二日

亚赫亚

归家的渔夫[1]

第一季风

一

伴随震颤与蒸腾热气
季风吹拂而来
担忧伴随海浪增长
然而生活总得在艰难中
继续寻找希望

船只和大海仍在审判
逐一将牺牲品寻找
成功或者失败
牵扯的是一家人的生计
窘困的渔夫啊
还是决然放弃出海
闭门在家
思量着眼下的生活

晨光的微笑落在村庄屋上
他出发追寻希望的迹象：
父亲，带给我们鱼儿
而我们心怀手足亲爱

---

1 本诗创作背景为二十世纪五六十年代文莱与马来西亚之间的关于文莱加入马来亚的磋商，由于文莱苏丹不愿分享文莱的石油资源，最终文莱没有加入马来亚。

在这里建造宫殿——在月亮的倒影里面

水上的房屋一字排开
碎开闪烁的倒影
房屋之中和平安宁
人类历史中常遇困苦
但苦寒中总还有光明

黄昏在海的边缘哭泣
他带着沉甸甸的渔获归来
父亲，抓到了一条鱼
可惜那鱼形单影只
不像爱与饥饿是没有界限的伙伴

水上的房屋一字排开
充满生机令人心生勇气
其中的历史熠熠生辉
我们在寻常的城市里
将这些故事平和地逐一述说

二
但是一旦大海即将死去
旱季逐渐接近
咱们四处靠岸离去
毫无丁点的同情
手上的动作利索简明

世上空间已十分拥挤
胸中气息已生出凉意
当热气突袭

怒涛翻卷
这仿佛是天堂
诸事都要求人感受
色彩和音乐打开热闹的绿色舞台
并将毒药奉上

海滨沙滩的财宝
不再是缥缈的传说故事
它们对人摇摆招徕
嬉闹的孩童诞生时
也一同播下希望的种子

偶尔会诞生诸位诗人
生来便有容纳大陆的博爱
他们敞开心胸——一座无名的岛屿
但脸上表情中的一缕思量
不曾被悄声坦白

黄昏栖息于村庄的屋上
带来富庶的股权
让我们船帆一体
共渡风雨
彼此成就甜蜜无间

随后，我们乘着季风
坚定有力驶向远方

三
岸上浓烟被风裹挟
不情愿地飘向大海

这便是最和平的歌
脚下的道路没有前途
他无力地半途而弃

敞开的门扉颤颤巍巍
透着惊恐与执拗
真主的恩赐已经到来
我们对其不曾怀疑
而总是祈求祂的怜悯

父亲已经回到家里
而家中不再有声音呻吟
剩下丁点回声
在希望的裂隙里
变成赤道天堂的幻影

随后来的季风
在眼泪中把门扉合上

第二季风

一

六轮满月呜咽哭泣
雨如瀑下不分时季
灵魂欲歌却又羞怯
愿望深入骨里
欲先挣脱枷锁藩篱

铸造灰白的天空
淘洗晦暗的黑夜

伴随着骤响的可怖雷鸣
生活如果突生巨变
我们要延续以往的习惯
时刻寻找出去的门路
循着气味去
到不幸者与孤苦者之中

留下年幼的后代
蹒跚学步
也不知道放手
但是书籍尚未被摧毁
我们也还有双手可以书写

黑暗中一群人启程了
张开短小的翅膀
父亲，明天你会把什么带回
回答说：乘着车带着
一箱又一箱的挚爱

但是咱们的家缺墙少瓦
寒风侵入削肉刺骨
如果海鹰飞袭入户
只有真主知道
谁有勇气直面

油灯干涸灯芯枯烧
若不更换房内便陷入昏暗
这世界需要咱们时时留心
世界各处充满了诱惑
在不经意间挑动我们的贪念

有手就一定会伸手讨要
有地方就一定会藏污垢
投机者的手段无孔不入
赌徒想扮作圣徒
挑战真主的圣威

二
据说勇气可以采掘
自地里——烂肉脓疮中
也能生出白骨和血肉
若这便是名为勇敢的东西
那么每天都有新的英勇誓言

热风汹涌渡过大海
吹息厚重强劲有力
旧日的陈词滥调行将消散
在这里所有人都恶言恫吓
如果这样的情形即将到来
父亲,你将白白回来
这季节徒然荒废
心里也失去热情活力

季风已经过去
干旱与洪涝肆虐
幻影愈发鲜活
打破家庭的宁静生活
呼吸也愈发炙热焦灼

海面与船舷

相遇,感动得呼吸微颤——
我们准确地计数
度过的每分每秒
走过的每条道路

一名渔夫归家了
季节更迭潮来潮往
父亲,有鱼就能开伙
哥哥,有饭咱就能活
尽管苦难仍然将我们考验

"真主将我们环抱
仁慈地给我们恩典。"

罗龙·斯库纳村
一九六四年四月三十日

去马来语学校的路上

路上的尘土

一同见证

一个渔民的孩子

黑眼瞳带着海洋的痕迹

和一个农民的孩子

脚上沾着土壤的痕迹

他们讨论温习

新才读过的书本

新才学写的语句

那或许是他们

在开阔苍穹下

在学校屋顶下

仔细学习获取的知识点滴

绿树的年轮一圈复一圈

无法想象明天

即将面对的命运

无法想象碧蓝苍穹下

子子孙孙

会经历怎样的悲喜

在路边

国会大厦多么美丽

人民的象征屹然耸立

在转角处

清真寺的尖顶多么美丽

呼唤人类接受真主的恩典
但是——
可也有琳琅珠宝
把宽阔道路装点
通到学校的门前？

渔民孩子的梦想多么壮阔
农民孩子的愿景多么雄伟
以致无法用语言将其诉说

在屋外
人们也不再嬉笑
或是席地坐歇
在农村"把牛赶去地里吧，
已经日上三竿了，孩子"
耕耘金黄的土地
将来种下一些稻谷
在海边"撒下渔网吧"
诱来悠然的鱼群
赚钱将来买些布匹

但是
在城镇之中
房屋墙壁排列成行
人们正在建造人民的象征
正在测绘月亮的图样
正在绘制海事的地图
不再是贵族的特权
"孩子啊，这就是
二十世纪的文明"

它仍高远难以触及

于是
渔民的孩子苦坐悲哀
农民的孩子内心忧郁
已然度过三个世代
悲戚漫长——上溯历史的脉络
在欧洲阴翳的遮蔽下
我们已知道生活的许多内涵
悟得苦难的诸多样貌
在欧洲的保护伞下
我们呼吸困难不能自由行动
我们行动受限不能自在生息
我们难以守卫尊严与名誉
做天空下顶天立地的民族

在一个苍白的清晨
渔民的孩子和农夫的孩子
内心坚定不移
齐声说道：
"父亲，如今我们已经成年
是时候融进这个环境。"
在稻田的泥泞中
在汹涌的海浪边
我们不再欢歌

因此
我们要继续这场会议
哪怕将来会因此被荆棘刺痛

我们不愿打破真理的镜子
好让我们襁褓中的子孙
成人后不再延续我们的悲戚

一九六九年八月一日

独立交响曲

一

敬礼
敬礼
敬礼
和平乃是
怜悯苍生的
真主的旨意

万岁
万岁
万岁
独立乃是
信守承诺的
真主的赠礼

热爱
热爱
热爱
独立的交响乐章
带动空气
一同美妙振响

高呼：真主伟大
　　　真主伟大

真主伟大

二

大雨瓢泼
从黄昏直到黎明
怒火的轰鸣
宣泄溢于言表的情绪
在这世界的一角
庆祝这世纪的一瞬

不论你在何处
我的火之王
已消除了你与你的后代
身上背负的诅咒
你不必再悲伤痛苦
不用再担忧穷困

不论你在何处
哪怕被碾成齑粉
也会看到难以相信的壮景
这光辉灿烂的土地
将众吸血鬼驱赶
将众欺诈者狩猎

你在哪里啊
农夫的孩子
季复一季在稻田里耕种
却梦想着登上这片领土的王座
末了不过一地鸡毛

还须我将怨愤一一扫除

你们肆意破坏
而后销声匿迹
没有值得尊重的底线
不值得我们落泪
不必将草叶折叠
将哀曲吹响

听人高呼：真主伟大
　　　　　　真主伟大
　　　　　　真主伟大

哪怕手指肿痛
我也将诗篇书写

三

在我们的
　　无知和懵懂中
　　他们打破了虚幻的映象
　　刺破我们的胸膛
　　让我们失去了民族的尊严

这之后
　　他们将我们百般孤立
　　对我们的诉求置若罔闻
　　主权不被承认
　　我们只能
　　在不甘的怨愤中

不断抗议与质问

突然间
  惊雷划破天空
  大地也生裂隙
  魑魅魍魉竖起犄角
  人们便惊慌四散奔逃
  一想到刀枪刺入胸膛
  还没上阵就吓破胆肠

坚定信念
  坚定信念
  坚定信念
  怀揣复仇的热血
  任其沸腾，毫不克制
  仇恨在血脉里奔流

于是
  我击响大鼓昭告天灵
  我撒下米粒占卜命运
  愿我——还有我的孩子们
  命运自由不受束缚
  人生不需委曲求全
  迎合他人的算计

我看
  你看
  我们看
  看那恶鬼睁大眼睛
  欲壑难填

而我们坚定立场

不卑也不亢

在那之后

我用鼓舞勇气的灵药

为我的孩子洗礼

给他披挂上神力的战衣

令他英勇

克服犹疑

与畏难之心

四

万岁

万岁

亲爱的人们戴着银铃

幸福喜悦鱼贯而来

在草之尖

在心之里

将爱献给土地与民族

我高呼:真主伟大

真主伟大

真主伟大

芒吉斯·度阿村
一九八四年二月九日

斑鸠的歌

一

有一只斑鸠
在河边筑巢
同它的妻儿栖居鸣啼
所栖之树群生白蚁
树下行人热闹熙攘
四面八方来来往往

二

某时天上降下雨水
暴雨倾盆,终日不歇
雌鸟受寒瑟瑟发抖
巢中雏鸟寒颤连连
雄鸟离巢正寻找口粮
展翅后寒冷叫它心生畏惧
意欲抵抗,凉意愈发刺骨
狂风闪电让路途更加艰辛

随后的一天清晨:
子弹击中了脆弱的树枝
母斑鸠和孩子们惊惧不已
此时不如掉进河里
若留在树上

反会给打得伤口见骨

树下可以看到：
人们争执吵闹
剥刮树皮
随后向彼此开枪
雏鸟颤抖地问：
"唉！妈妈，他们这是在做什么？"
雌鸟悄声回答：
"哦！千万别惊动那些打斗的人
不然我们也会成枪下的亡魂
你们的爸爸怎么还没回来
它可到底是去了哪里？"
一会儿之后
世界重归寂静

过了很久，斑鸠说道：
"这个国家也算辽阔
人家与店家也有许多
四方来客纷至沓来
从上游到海滨，从早晨到午后
买卖不停，应有尽有
除此之外还有：
他们也带来恶疾
唉！带来什么恶疾？
瞧！浊其水
污其食
谁都逃不开他们的毒害

"如今

我们巢下路过的人类
若是染上这种恶疾
父母也能忘记
手足也不搭理
病入骨髓药石无灵

"真主至圣!
这让人心痛
这让人哭泣,
这个国家富饶
人民也大多聪明
只是心里不在乎我们斑鸠而已……"

三

这之后,斑鸠又说道:
"如今,
咱们筑巢没有多少余地
因为树木都被砍伐,
往日的绿荫遮蔽的地方
被钢铁的锯齿夷为平地
电锯作业昼夜不息。
如今,咱们只能守在这里
在丛林的角落
那最深的
布满陷阱与危险处,
寻找食物和庇护,
可那果实也是双刃的剑
稍有不慎便会中毒。
我一个孩子还命丧兽口。

若是入夜

我们只敢半梦半醒

若放松戒备便会被毒蛇夜袭。"

四

斑鸠和它的妻儿

祈求幸福的生活

但愿，在这森林里

不再有混乱冲突

不再有暗中袭扰

若是可以不用每日

在受伤的噩梦中梦呓

跑去哪里它们都愿意

天空无垠没有边际

大海宽阔没有界限

五

在梦一般的氛围里

突然传来枪响：砰！啪！

斑鸠的鸟巢被枪弹击中

掉落地上

于是

森林重回寂静

斑鸠的故事就到这里

淡布隆县邦阿镇
一九九六年七月十七日

宴上餐盘

为庆祝文莱苏丹陛下五十七岁华诞致文莱人的一封公开信

"宴上餐盘米白菜甘
香如花卉甜若班兰
礼堂之中明亮灿烂
高朋满座举杯飨宴。"

一

兄弟姐妹们
你们献给苏丹什么贡礼？
在海之民说道：
一些小虾和一篮海鱼
在陆之民说道：
一筒稻谷和一串香蕉
你若将其称量
恐不足体现对苏丹的忠爱
如果不足反映对苏丹的忠诚
敬献礼物又有什么意义

你可知道
河中小虾从何而来
店里大米从何而来
挑剔别人多么轻松
却难得明白背后的辛劳

一直以来
你索要甚多
却奉献极少

若你富裕得
能将高山夷为平地
能把大海抽空见底
那么，你手中财富不断
源流自哪里来？
你可还要沉浸于幻想：
那照亮你夜晚的烟火
是他人汗水的结晶

你说
这是全球化的时代
也好，只要你的努力
别是给别人作了嫁衣
只给自己换来一捧白米
这仿佛正是
生活愚笨的常态
哇！这便是富贵荣华
哇！这便是繁荣兴旺
你受其诱惑趋之若鹜
却在其光芒中迷失方向
结果只能喃喃自语：若当初坚定初心会怎样呢？

土地是聚宝的大盆
能容纳所有愿望
梦想实现的方法

就是不要故步自封

寻那幸运,机遇落在哪里?

但也不一定就会落在你手里

你蜷缩在陋室茅舍里

抱怨着破旧的房梁

只剩下一块破布

和一颗疲惫的心

苦涩的眼泪

恼恨愿望不得实现

那谁还能有什么办法?

"井底之蛙甘心枯死井底

——随你去吧。"

"愚人蠢笨打算自寻毁灭

——随你去吧。"

你看那海上驶过巨轮

万种风物转瞬而过

事物不断从无到有

朝夕之间又新生词语

到明日,又有今日没有的新奇

甚至能命令潮水退去

或是让日夜颠倒

二

就像从德布隆上游珊瑚礁处

我们互帮互助伐木取柴一样

你相信自己命里也会得到帮助

尽管自己如井底之蛙酣眠不醒

你若相信这样荒谬的故事

将来的生活便像翻卷的海浪
没法控制自己被裹挟到哪里

在路上你的华服熠熠生辉
你的内心也在奢靡中沉醉
但我不会如此
因为这不过是假扮虚饰

你所粉饰的破败的图景
如同岸边即将垮塌的泥沙
稍稍一碰便沉入海底
最终你手中将一无所有
这样的话
不要急于闯入喧嚣混乱
否则将会失去脆弱的故土
随后只能一同叹息
后悔的除了自己还能有谁?

在你的梦想里,生活多么富贵
梦想最后是否能够实现
面对这声音渐息的疑问
你也无法笃定地回答
是啊
富贵愿望的诱惑如洪水猛兽
只需一点可能便叫心肝颤动

于是你说道:
"已经够了——"
然后摇摆着跌到地上
衣衫沾满灰尘

不必再犹豫彷徨

因为所需的一切都已备好

杯盏盛水碗碟盛粮

明日便不必再回首过往

到那时尘归尘土归土

剩下来的便如同地上的残枝

来日，当他人传承财富时

你只能徒劳地闭上眼睛

就像故事里的愚夫

捡了芝麻丢了西瓜

现在，年轻人们

醒来吧，醒来吧，醒来吧

不要再白日做梦

你们的祖辈本是勇士

到明天，你们可别变得软弱无能

莫要担忧

别再踌躇

伊斯兰历一四二四年三月二十六日
二〇〇三年七月二十六日

问候水村

水村，我问候你
为什么你如今不似以往
往常我在你河里梳洗，河水清澈见底
让我心情愉悦对你饱含爱意
你湍急的水浪里鱼群欢欣浅游
在潮汐涨落间络绎不绝
它们便如同孩童嬉闹
从源头游向河道的支流
而后漂流至水系的末梢
四散开来
流水拍打我屋前细长的台阶
溅起水滴落在屋顶坚硬的木梁
        落叶
从你河流的上游漂下
树叶下藏着小鱼，成群结队渡水而来
        此外
一些季节还能见到鸭群和水母
蜇住大意的猎物注入毒素
哎哟，被蜇到的孩子闹腾哭泣
今天的痛苦，明天他就能忘记
拿灶灰敷上伤口就能消除疼痛

我渴望，这活泼的早晨
      不会被惊扰
可是土地已经发臭叫鱼儿逃避
潮水卷起污泥盖过木桥

和鱼群，叫它们彻底

失去生息

你的活力去了哪里？

流水浑浊让你的孩子不敢涉足

西刀鱼群四散奔逃

我还能在哪里撒饵捉来吉唐鱼

在哪里放出钓线静候垂钓

在淡万鱼溯源而上的时节又何处撒网

我奶奶说她曾见过你的国王

并将敬爱奉上

随后她潜入海底将未来的年岁寻找

这一切都去哪儿了？还是已经化为泡影

或是藏进传说故事与板顿诗里

（你还记得唐·卡亚吗？王·加帕的声音

令渔民沉醉直至天明不得入海，直到海枯石烂？）

他们如今都在哪里？

仿佛都已经烟消云散

如今只能看到断壁残垣

鳞次栉比的房屋

    统统焚毁于烈焰

看这焦土废墟，哪有往日活力？

在沙巴，布拉姆，格达延河，和旧苏丹村

还有曾经的塔莫伊[1]，但它已消散无踪

或许是雷霆又或许是神龙从天上降下灾厄

但只要你承载的人类甘愿承受这些痛苦

1　以上地名均为文莱水村所在地。

你便不用去想明日的遭遇
就算他们不愿，也没有关系，人类总是健忘
受伤作痛，喉咙哭哑便渐渐不再有声音

我向你致以爱意，我的水村
稻田和戴着斗笠的农民今在何方？
他们已经归去了，变成货品乘船离开
鱼群不再嬉戏，变成餐桌上的咸菜
没人再钟爱薯粉与椰浆
只有我奶奶还能烹煮米浆

群岛之间，谁要拖行渔网
     逆流而上
捉来鱼虾，那些在林荫下
    嬉戏的
鳀鱼和淡万鱼，青虾和小蟹
渔民们，又将在哪里
垂下他们的线钩
嘴里歌唱：
  "哦！小虫呀小虫，
  我把你揉搓成饵，
  将爸爸的钓线整理成团
  他要去捕鱼
  去布鲁布鲁村捕鱼"
沙蚕听到了害怕蜷团，鱼群听到了也呜咽悲哀

我问候你，我的水村
但愿真主让这民族
   福泽绵长

赐给我们繁荣

创造永恒铭记的传奇

芒吉斯·度阿村

伊斯兰历一四二八年一月十九日

二〇〇七年二月七日

斯里巴加湾[1]，醒来吧

斯里巴加湾
在这个早晨醒来吧
睁大你的眼睛，如果你能够
发出声音
那就如雷鸣嘶吼吧
因为你的居民正沉迷致幻的毒果
沉迷于仿佛不会消散的欢愉
在四通八达的大道上能看到他们的脸庞
他们在喧闹中驱车来来往往
早晚车马不停，日夜
　　　　　　　川流不息
（注意：时代的交通罚单逾期未缴
这年代的驾驶执照已被吊销）
商人们开展的"量大优惠的
促销"
整年叫卖热闹不休
因为之后学校便要放假或是开学
商贩便再次在深夜里便宜兜售
于是人们睁开眼睛，但是夜晚
　　　　　　　　却变了颜色
如今白日悚悚夜晚却光彩诱人
便宜，便宜——便——宜——
明日可别空虚，皱缩着没有神采

---

[1] 斯里巴加湾：文莱的首都。

随处可见布带迎风飘展，美丽动人
（这是民族日的旗帜吗？）
确实美得令人屏息，叫人
　　　　　　　移不开眼睛
之后旗帜就被当作垃圾随意抛弃
在路角，与河流阴暗的角落里
在通向神圣清真寺的道路上
只要有机会，就将垃圾丢弃
不在乎是在哪个角落哪个地方
就好像只有你有权利舒服方便

到了晚上，你生病了，发热了？谁
　　　　　　　　　　　在意呢？
刚成年的孩子们到来将你践踏
用各种方式将草地脏污
来自海口谷的锡罐四处散布
在河边污水如泉
汩汩涌出
带着异样莫名的气味与颜色

人们犯下这样的罪孽，叫恶魔欢欣雀跃
却只是乘车离去如在云间腾空飞行
（有人在弥留之际梦见了天仙
没来得及留下遗言便撒手人寰）
斯里巴加湾，醒来吧
今晚在清真寺边有乐队演奏
（演出票价：同歌者握手
或者同其舞者共食一捧米饭
多么有趣，梦里一切是多么美好）
而在清真寺里人们只是专注祷告

祈祷什么？——祈求生活安定幸福
祈求整个时代富庶繁荣
哀叹内心的苦闷，哀叹眼见的伤痛
只在乎自己心里的苦涩与甜蜜

之后回到家里，内心纷乱如麻
读起法院的传票，开始计算债务
受到破产的惩罚，彻夜难以入眠
当幻梦破碎
人才意识到天空的深远辽阔

有什么好害怕的呢，有许多银行广开门户
有什么好烦恼的呢，来年还能赚得盆满钵满
到头来人同鸡仔没有两样
早晨出笼啄米然后回笼等待下一个晨曦

斯里巴加湾，醒来吧，起来吧
你的住民，行走在你的土地上
却只顾不知厌倦地消遣游弋
我实实在在地对你同情怜惜

芒吉斯·度阿村
伊斯兰历一四二八年一月二十二日
二〇〇七年二月十日

追　问

究竟什么是马来人？
如果仅仅将双手合十
总是祈求同情
你们内心和品性就清晰明了
想获得一切，又想兵不血刃
也不想付出劳动的血汗
这样的你们怎么能
承担得起这个名号？

究竟什么是马来人？
如果只是盲从教条
遇到新事物的时候
害怕地当缩头乌龟
或是畏难而去追随大流
你不过只是抬高自己名号
不在乎周围的世界
只在乎自己一时的虚荣

这便是马来人被误解的原因
失去美德的虚名
还有什么意义？
在多变的时代里
不要将传承抛弃
你可明白传承的意义？
失去内涵的虚设
只能沦为往昔的回忆

站在这土地上的究竟是谁?

你为何像陌生人一样站在这里

既贫穷又贪婪

你可还活在梦里?

还没意识到这片土地

不再属于自己

还在用梦安慰自己

究竟什么是穆斯林?

我看你一举一动

只继承了信仰的皮毛

虽然我笃信

祈祷诵经带来庇佑

但还是要有所作为

如伟大的贤王

不只是当个观众

究竟什么是穆斯林?

穆斯林名字和西方名字都是一样的代号

只是穆斯林使用穆斯林的名字

内心本质是不一样的

你仍然笃信传说是真的

真有人能将灵魂从地里唤起

可是没有人再相信你的梦想

只有你自己终生坚信不疑

这就是你所谓的穆斯林

只学习做净礼和祈祷

诵读咒语驱逐邪灵

据说这是唯一重要的事
而后便能得以前进发展
而其他人已经飞跃超前
把你远远甩在后面
你的子孙只能看着别人的背影

如此，你自称真正的穆斯林
但你却不顾真主的教义
尽管那已经详载于《古兰经》
也被先知反复教诲
世俗的愉悦使你堕落
奢华的生活使你软弱
你只追寻自己的欲想
里面充满了歪门邪道

你说自己爱陛下
但只是为了有所求
也许你非出于真心
只是嘴上说说而已
背后则是不可告人的动机
到底忠诚与否还未可知
你的嘴巴如蜜糖甜蜜
你的心里却只想方便如意

你宣誓效忠统治者
你是否情愿接受他的律令？
若是皮肉受苦，你要生气
若是口腹受苦，你要忧郁
面对各种各样的考验，你都只会抱怨
但是我还是相信

来日你一定会正本清源
继续踏上前进的正途

真主保佑,但愿如此

芒吉斯·度阿村

伊斯兰历一四三六年六月三日

二〇一五年三月二十四日

阿迪·鲁米
(一九四一年至今)

原名为阿卜杜拉·阿吉兹。他于一九四一年十二月二十二日出生于文莱，于二〇〇〇年获得东南亚文学奖。他创作了很多出色的高质量的伊斯兰文学作品，在语言、文学、宗教和文化领域乃至国家的发展方面作出了巨大贡献。

阿迪·鲁米最早在文莱接受教育。他通过国家奖学金先后于新加坡阿裕尼阿拉伯语学校和马来西亚马来亚伊斯兰学院学习。其后，他前往埃及爱资哈尔大学继续深造，并于一九六九年获得伊斯兰法专业学士学位。阿迪·鲁米曾先后任文莱宗教事务署宗教公务员、文莱宗教事务署高级宗教公务员、文莱宗教事务署副法官。

阿迪·鲁米的诗作语言优美，寓意深刻。本书所选的诗作反映出诗人对于世界迈步进入二十一世纪的亲身体悟与深刻思考，一方面体现出诗人热爱祖国的民族主义情怀，另一方面又体现出联合世界友好国家共同发展进步的开阔胸襟。

饥饿更好（对自己的劝诫）[1]

现在正是
自我审视之时
不论是否成功
都继续坚持

行至何处
并不是问题
但是信念与信仰
是我要坚持的价值

宴飨之时也应如此自省
东道主是谁？
筹办者何人？
谁又是烹煮的厨师？

若是参照伊斯兰教义
问题的答案令人犹豫
那么反省思量
应当慎行克制！

面对浮现的问题
应当顺从谁的心意？

---

[1] 本诗的写作背景应是关于到了国外也要坚持清真饮食的思考。文莱对于清真饮食的要求十分严格，包括但不限于不吃猪肉。

真主的抑或是人类的?
于我答案是前者

因为这时饥饿是为了避免纵欲
饥饿仍能欢声笑语……
审判末日的饥饿
不才是严酷难熬?

若是如此，饥饿更好
莫要贪食那污浊油腥
因为那会腐坏虔诚善心
会引燃真主的神怒

中国钓鱼台国宾馆
一九九三年十一月四日

莫要遗忘

啊，不论是谁
若想要平安
就不能忘记真主

如果您心怀真主
真主必然施以眷顾
是啊，这就是祂的伟大
是啊，这就是祂的荣光

无上呵护
无上疗愈
福泽绵长

伦敦
一九九八年四月二日

回到自己的家国

在南非大地上
尼尔森·曼德拉在为独立斗争
经由汗水、鲜血和牢狱
直到生命最后一刻
他都在同白人统治者抗争

如同熊熊烈火一般
人们热烈欢呼舞蹈
又像散落在街上的花朵
芬芳馥郁……
是啊，那就是他们（非洲的儿女）

从南非回到我们自己的家国
乘着黎明的曙光
迈着坚定不移的脚步
集合桌旁所有的人
建立祖国母亲的阵列

南非德班
一九九九年十一月十二日

眼神凶狠的人

反复的相逢
仿佛不再有意义
因为前方
不是英雄豪杰
而只是舞锤的工匠
或是随着战鼓
嬉舞的脚步

其他人只看到
那饱含仇恨凶狠的眼神。
虽然并非同一阵营……
但也丧尽勇气
因而……
都选择保持沉默

这不包括虔诚的领袖
即使沉默不语
他们仍然有
一种强大的武器
（那便是在向真主祈祷求告）

我们想问的只是
他们是否已开始
使用这种武器
抑或是……
实则他们无法将其应用

如同盲人感受不到光亮？

然而
他们大多数都知道
真主正将他们考验
（通过眼神凶狠的人与
他可怕的行为）
明天考验或许更加严苛
因为我们自己的队伍中
可能有人站在
那眼神凶狠的人一边

如果我们想要参透
世事的变化沉浮
那就等待真主兑现诺言
敌人必将因其暴行
而被打败
因而世人应当小心
莫要鬼迷心窍
残暴专横

无须敬畏一时的力量
而需敬畏真主的威能
和伟大……
因为在此之前
也曾有许多伟大的王国：
法老王的王国
阿德人的王国
赛莫德人的王国

宁录王国[1]

他们屹立数百年之久

本无人可以撼动

世间唯有真主永恒

天空是祂

大地是祂

众人都是祂的奴仆

众生都归祂所有

祂是我们

通往来世

永不坍塌的桥梁

所以不必悲伤哀叹

我们最终会受到"天上法庭"的审判

将会经历：

至高者提供辩护

至公者给予宣判

如同法老被审判

如同阿德人被审判

如同赛莫德人被审判

如同宁录被审判

这场正在上演的戏剧

我们不必期待它快速落幕

因为那些独裁者

不会轻易得到满足

哪怕已经

---

1 均为反抗真主而遭神罚的古代王国。

酒池肉林
他们仍不知足
要世界向他们臣服

他们是狡猾的演员
戴上人性和公正的面具
与此同时
他们还吹响战争的号角
尽管声音嘶哑枯燥
他们仍将其吹响
如同捕鸟的陷阱不顾道德
将猎物不断地引向灭亡

传说有一族
名为雅朱者和马朱者[1]
今日我们所见
正是他们的子孙，他们的后代
他们成为毁灭者
成为破坏者
成为掠夺者
对人类
是的，对人类！

对这破坏者的一族
我们还应说些什么？
除了命令他们停止
污蔑穆罕默德的信徒……
我们也应做好准备

---

1 雅朱者和马朱者：伊斯兰教神话中在末日前大肆杀戮的两支野蛮民族。

不是准备投身纷争

而只是要谨记坚定耐心

坚定自己内心伊斯兰的信仰

以虔诚的信仰

消去苦难

同胞啊,不要嘲讽这个主张!

坚忍不是软弱的特质

服从不是屈服投降

信仰正是众先知的衣装

信仰正是众贤人的宝饰

信仰真主

祂带来荣耀与胜利

将你我引向天堂

同胞啊,为何不呢?

为何我们不打下信仰的根基?

为何我们不行走信仰的路途?

为何我们忘记《古兰经》的教诲:

真主与耐心的人同在?

胜利也终将属于他们

那么……

还有什么不足?

还有什么不够?

重要的是……

信念必须存在于各个方面

存在于我们心中

宗教信仰中

民族认同中

国家建设中
与各类人群的
社会交往中……
确信我们是虔诚的信徒

至于那些诋毁我们的人
那是他们积习难改
实际上……
这只会更加坚定我们的信仰
我们不祈求他人怜悯
因为这显然不是我们的过错
反而是他们负罪累累
罄竹难书
如果真主允许
他们自会受"天上法庭"的审判

墨西哥

二〇〇二年十月二十六日

斗争尚未结束

不同的民族
都倾向于
如此宣言：
这场斗争
尚未结束！

什么时候
斗争才能结束？
寻找吧……！
找遍天涯海角
也找不到一个人
能给出答案

确实人的斗争
不论何时都不会结束……
因为眼前的斗争
不过短暂的一瞬
然而……
长久的斗争持续直至来生

若是如此的话
斗争确实还未结束
所以，来吧！
让我们一起继续斗争
争取长久幸福的生活
不要叹息……

阿迪·鲁米

抱怨并不是战士的铠甲

而斗争的方法
（如何为身后而战）
则是相信"真主至知一切"
不是一时的祈祷
而是终生的信仰

在这世间：
我们尽力积蓄力量
从而震慑众敌……
身上带着
至上的武装
那便是"信仰"

没有信仰和准备
一切都空虚徒然，
虽然我们奋斗至死
可是其成果……
仍旧是零
仍旧是零！

因为真主的承诺
始终坚定不改：
胜利——
平安——
繁荣——
信仰会带来一切

如果需要证据

请参阅历史
看看圣城麦地那
如何由虔诚的信徒
和领导者
建成今天的圣地

让我们更加具体
将其仔细观摩
这座王国……
它在信仰的基石上
建成生息
因此,其天地都得真主怜惜

若非白衣大食哈里发
谁是那王国的主人?
他是时代不灭的明灯
是历史不暗的亮饰:
既是统治者——也是学者
兼具两种得到天佑的尊位

我们有谁不愿繁荣富足?
同胞,那时代和平与繁荣
是至高的昌盛
有那深厚的信仰
所有人都不再祈求
斋月的施舍……
因为所有人都已变得富有

谁又不愿团结平安?
同胞,我们所向往的团结平安

猜疑不休

今天在南宁
召开"中国—东盟建立对话关系十五周年纪念峰会"
众帝国主义者
也将眼睛圆瞪……

其实,这合作机制……
并不是新事
可是他们
无休止地猜忌

自古以来
我们同桌共餐
可是他们
仍旧猜疑

但是东盟与中国
继续迈开脚步
带着成熟的态度
至于那些猜疑者,就无视他们
任他们猜疑不休

中国南宁
二〇〇六年十月三十日

核问题

身在此处（中国）
让我想起
关于核的问题

确实不应忘记
中国不也是
一个核大国吗？
想到这点
我们和世界都陷入混乱：
有人想拥有核武器
而有些人反对
但那些不想要的人
又不是完全反对
他们想将核武器据为己有
阻挠他国发展核研究
只愿自己得利
阻碍他人发展

世人意图目标各异
哪个才算正当？
谁来评判对错？
谁来制定标准？
我们知道
世界知道
制定标准和评判对错的人
应该更先被评判考量

因为他们是核最初的拥有者

何况在他们之中

还有应该被谴责的使用者

面对他们的谎言与狡辩,我们的立场在哪里,世界的立场在哪里?

实话说

所有人都不应当成为核武器拥有者:

在西方没有核武器

在东方没有核武器

在哪里都没有核武器

让世界摆脱核威胁

如果继续持有核武器

甚至竞相扩大其规模

随后却又叫嚣着

要求其他人放弃拥有

先生啊,这之中哪有诚信呢?

又哪有理性的崇高

和公平公正呢?

因此,请向我们学习

宁愿死亡也不去欺骗

中国南宁
二〇〇六年十月三十一日

南宁美丽的脸庞

实在美丽
沐浴在五颜六色中
群花斗艳
生机勃勃
那便是南宁
美丽的脸庞

从宾馆到机场
半小时的路程
应接不暇
各处有花朵
修饰装点……
镶嵌色彩

花朵和色彩
并非出自画家之手
而是来自造物主的智慧
哦,造物主!
还有谁
不曾见识你的伟大?

人类理应
早就承认
即便是一朵花苞
一点色彩
用人的双手

都无法创造出来

希望人类更加进步
更加先进和富有
愿其思维开放
智识崇高
所见一切
皆怀感恩接纳

当达到这个阶段
虚荣心将消散
傲慢将被埋葬
唯有卓越的是
对造物主的
爱与信仰

从南宁至斯里巴加湾的飞机上
二〇〇六年十月三十一日

幽寂之地（来自心里的歌）

此地幽寂如同水下的夜晚
肃杀萧索，只有群星
明亮整个晚上
而花朵片片凋零，如断落的音符
接连落下，带着冰冷的献礼！

在这蛮荒之地的住客心里
怜爱全无
剩下的，是内心独自纠结不休——

只要美丽的阳光来到
身在异乡也能即刻重逢
只是啊，那阳光还在遥远的彼方

一九五八年四月十七日

事 件

持续漂泊的岁月：
当大地湿润，空气不停转动
让月亮破裂，光芒和爱变暗

在长路上漂泊多久
才能到达众神列席的天国
啊，不应被弦琴伴奏的曲乐拨动心弦
只叫人徒增烦恼扰乱心情

眼神四处游移
看这世间广阔十分陌生：
眼里映出人类的疯狂催产的种种悲剧！

以及
悲惨故事的结尾
黑土干涸灼日无云
天降的毒药将万物浸染
人仍心怀志向期盼将路途走完

一九五八年九月二十五日

随心漫步

在我开始
随心漫步之前
我听到悚然的耳语:
阿迪,带上
不属于你的心愿与欲望
不论是同我
还是同其他任何人
你都不愿分享

噢,当你奏响音乐
有着温柔的声音与笑容
从你宁静的眼眸中
可以看到某种真理……

并非如你所想
美丽即是巨大的城市
因为被建造的:是灵魂
而建造它的也是灵魂
你是最初
也是最终
我心里开始同情
(被激起了
真诚的爱
而之前我只是冷眼旁观)

啊,世界,这次

我需要你的支持：
消除我们之间的混乱
信守这个承诺：
同根并蒂
共吐芬芳。

阿迪·鲁米

东方的咆哮

莫要嘲笑
我们有色人种
水深火热的处境
那些西方城市中的人们
才是疯癫痴傻！他们夜间癫狂
形如鬼魅！人性全无！
对我们毫无同情之心！

晚风的吹息灼热
燃起东方的力量！无人能从中逃离
而我们确实安于这灼热的吹息
这便是人心中的丛林！
生命是否必然在西方干涸的地狱里
冻结，违背自身的意愿
这实在将人引入歧途！

莫要之后追悔莫及
在海里对和平的愿望犹豫踌躇……
为你我这些仍欲控诉的人发起的控告
让愈发鲜红的心脏跳动
因而在脑海的余烬中，斗争愈发热烈
若要燃烧，啊，那便燃烧至死
不论面对何种际遇，灵魂都会留下痕迹

再次发出誓言
生活的根须如今生长茁壮

梦境给人们歌唱

乌黑—漆黑—墨黑—黝黑—焦黑—煤黑脆弱易折

因为人们都相信世界尚未终结

东方的咆哮，你是它的煽动者吗？

阿迪·鲁米

中国长城

这里埋有决心意志的秘密
在恐惧狩猎之下
人的潜能会应运而生……
这潜力没有边际
犹如暴风破开云层
绝无抵御遏止的可能

故事传说,这长城
为生存而建起屹立……
因为哪会有民族乐意枉然
失去生命?
是啊,这比喻准确而美丽
提醒我们民族,莫要目无大计

看那城墙的形态
展现文化壮美的内里
依山绵延万里
日日劳作才艰难成形
正如先知所教诲的:
"学问虽远在中国,亦当求之。"[1]

如今我们站立于
和七世纪先民一样的位置
不同的仅是

---

[1] 阿拉伯谚语,出于圣训。

他们浴血奋战
我们在享受和平
可以微笑着站立

加里曼丹孩子的晨歌

心路舒畅
南北通达
孩子们望着我,对谁有所牵挂
少女在田塍中说道
青年呀青年,将你的愧疚与挫败
暂且埋葬

母亲啊母亲
遥远的天空从加里曼丹亦可触及!

稳稳立足昂首
多么美好。河水川流不息
途经群芳争艳的山口向你奔来。
少女在田塍中说道
青年呀青年,将你的愧疚与挫败
暂且埋葬

母亲啊母亲
遥远的天空从加里曼丹亦可触及!

生活是一部畅销的童话
决心坚毅,迈步向前
点燃信念,照亮孩子的夜
爱人令我忘却伤悲,拭去我的泪水
我不再以浮沫自比自艾
咱们一同迈向牵动心弦的世纪

少女啊少女
年轻白皙的身躯敏捷地驾驭我的马儿!

不问来路,我们一同
让晨曦给身体镀上朦胧的金辉
将最后的歌声奉上……
若歌唱到干渴而亡
千万,千万不要忘记
还有一片仍有名字的土地:

加里曼丹!

少女啊少女
年轻白皙的身躯敏捷地驾驭我的马儿!

挫折之时我便看向你
笑眼盈盈,吟诗间将宫殿建起
海鸟叹息,似乎有所怀疑
日月如梭,叩开了宇宙的门;
而在心中,爱如火焰焦灼!
但是亲爱的,咱们没有忘记
还有一片仍有名字的土地:

加里曼丹!

阿迪·鲁米

天意——致工人

不要再有人说
我是主宰
世间总有牺牲
只因生命并非一盏灯
只待点亮而已

这是一场灵魂盛大的宴席
赤诚之心跳动,如同火焰燃起
而生活在梦中分外真切
并非是黑夜叫人停滞无为
难道有人自己愿意醉生梦死
何况我们本就是开拓者
甘于播洒热血!

这样的愿望愈挫愈勇
热血沸腾,将其鞭策向前
你我的呼吸融合为一
凝成同样的英魂!

一九六一年

萨米·墨斯拉
（一九四二年至二〇二二年）

萨米·墨斯拉是备受尊崇的文莱诗人，他凭借多元创作、社会参与和国际影响，成为文莱文学界的重要代表，为文化传承和艺术发展作出了突出贡献。他曾使用的笔名包括"萨米·墨斯拉""A.N. 努巴""鲁斯塔姆·诺尔""萨米玛斯"和"萨玛雅·墨斯拉"。

他于一九六三年至一九六七年间就读于文莱森库戎马来语学校，并于一九五四年至一九六一年间至新加坡阿裕尼阿拉伯语学校留学，之后分别于一九六七年和一九七八年在文莱森库戎初等学院和伦敦亚非学院学习英语。萨米曾在文莱摩拉马来语学校担任宗教教师，后进入文莱宗教事务署工作。

本书所选的萨米·墨斯拉的作品语言清新，内蕴丰富。其中既有包含伊斯兰色彩的哲学探讨和憧憬民族国家发展壮大的爱国情怀，也有对日常生活的别有生趣的文学描绘。

致我爱的姑娘

我们的夜晚才刚刚开始
苍穹之下我们心有彼此
你是如此的纯洁美丽
我将全世界的爱都奉献给你

你我心中爱恋彼此
真主慈悲
赐福于众人
也令我得到垂怜？

夜晚刚开始生命亦漫长
我将全世界的爱都奉献给你
因为真主垂怜众人
令我们幸运沐浴爱情

新加坡东陵山
一九六〇年十一月七日

襁褓里的婴儿

我们唱起歌曲
伴随动人的旋律
似蓝色莲花入曲

脚踏一曲节拍
歌声感动心肠
我们团结共生

襁褓里
婴儿依偎在母亲怀中
梦里回味乳汁的甘甜

新加坡东陵山

萨米·墨斯拉

人类还未死亡

人最终要走去哪里

是去世界尽头

无边之地

还是去往心里

经受干涸

忍耐焦渴

孤苦无依

去往天堂！还是地狱！

等候着

被那烈火

干渴焦灼

我们要踏上旅途

只为在审判之日

得见真主，得至永恒

新加坡

一九六一年十一月七日

正 义

每人都有关于公平的定义
在生活的方方面面
诉求公正公平
也时常有人质疑他人不公
又抗议，又批评
仿佛由他们定义公平
叫人不禁要问
去哪里才能求得公平……
那些富人那儿吧！
也许他们的慷慨
能带来公平的对待
此中答案只有真主明白

文莱森库戎[1]
一九六六年九月三日

---

1 森库戎：文莱地名，位于摩拉县。

心的颜色

你心中爱意如此澎湃
令我们胸中都有所感
因为你脸上写满爱意,爱意呀
如此真挚
月出时分叫人分外牵挂

那爱意也叫我憧憬动容
朋友呀
爱意如同蓝莲初绽
纯洁真挚——将你的脸
染上心的颜色

文莱森库戎
一九六六年九月三日

自　省

当善意受到诋毁时

爱与关怀会理解

与至爱的主相伴

人类开启智慧

于是满脸虔诚地

我们彼此理解

人们啊，信徒啊

若不再有

对于爱的猜忌

放弃成见面对本心

终会找到心中的宁静

心中的宁静，何时将至？

当人们找到他的至爱

奔赴眼前的生活

在广阔世界中保持内心宁静

宁静的心，留给至爱

人类的心中充满爱

在自省的时刻

文莱

一九六六年九月三日

人类和真主

栖于真主的土地
我们将去往何处
镜中面容
未绽微笑
若是怀疑真主和天使已逝
人类自己也会失去生命的意义

噩　耗

一九七四年十一月九日
我收到母亲
在麦地那去世的噩耗
我，不知所措
时空僵硬表情凝固
沉痛的悲伤将我紧紧压住

有时我追问自己
陷入悲恸的哥哥和孩子
突如其来的意外
和圣洁的爱
我又泪如雨下
忆起母亲形单影只
独留被宠坏的孩子
在真主面前
我们终将再见

文莱斯里巴加湾市
一九七五年六月二十三日

愤　怒

愤怒是邪祟
是魔鬼侵扰人心
人心只顾自己如意
不顾他人声声劝诫
因为生活只关乎自我
信仰之类的不要再提

面对魔鬼的诱惑
人类总易陷入歧途
真主会亲自警醒
受诱惑忘却真主之人
魔鬼则窃喜奸计得逞

人会愤怒，是因为未晓真主神谕
直到身陷囹圄才明白
只因自己沦陷于附身的魔鬼
只顾自己的心意愿望
忘记脆弱动摇者将被抛至一旁
只能失去一切堕入地狱中央

真主的天命自有衡量
真主至仁至慈——
人类犯下背离真主的过错
理应向真主忏悔

热　带

热带

是需要用心耕耘的热土

地契许可由我们共有

因我们希望共同繁荣

我们的国家需要人力

热带

我们愿集合所有的力量

耕耘我们的稻田农场

细数所有的庄稼收成

期盼季季都劳有所得

热带

是祖先留下的宝藏

每个人都能贡献力量

令这片土地永生财富

我们共同努力奋斗

热带

我们现在可以看到

人们勤奋努力工作

尽职尽责添砖加瓦

幸福快乐常伴相随

热带

属于我们的国家民族

在稻田农场一齐努力
为了生计开拓进取
为了国家辛勤劳作

热带
人们曾说
那些财富是我们奋斗所得
是勤劳热忱劳动的结果
在奋斗途中凝聚不竭力量

文莱斯里巴加湾市

死 亡

何谓死亡?

你已成行尸走肉

麻木不仁

你是否想一死了之?

你的使命未达工作未毕

工作毫无生气

心灵干燥贫瘠

又与走上黄泉之路

有何异

莫到临了方知其中道理

文莱都东[1]
一九八二年五月四日

1　都东:地名,是文莱的四个县之一。

萨米·墨斯拉

独立的主权国家

独立的主权国家
亲爱的文莱达鲁萨兰国
在真主的指引下得到庇护
我们国家的旗帜得到护佑

真主伟大—真主伟大—真主伟大

感谢真主的恩典
虔诚圣战加强信念
《古兰经》是我们的指南
不要错过先知的预言
伊斯兰教义的本质和善行
对所有命令坚定虔诚
远离禁忌避免邪恶

独立的主权国家
亲爱的文莱达鲁萨兰国
在真主的指引下得到庇护
我们国家的旗帜得到护佑

真主伟大—真主伟大—真主伟大

苏丹哈吉·哈桑纳尔·博尔基亚·
穆伊扎丁·瓦达乌拉[1]

---

1 苏丹哈吉·哈桑纳尔·博尔基亚·穆伊扎丁·瓦达乌拉：现任文莱国家元首，于一九六七年十月五日即位。

人民的国家领袖

我们所有人宣誓效忠

屹立发展——努力奋斗

崇敬独立国家的主权

独立的主权国家

亲爱的文莱达鲁萨兰国

在真主的指引下得到庇护

我们国家的旗帜得到护佑

真主伟大——真主伟大——真主伟大

文莱都东
一九八四年三月十三日

宣礼声[1]

宣礼声涌出心灵之耳

宣礼声涌出漆黑时刻

宣礼声搅动灵魂

宣礼声驯服豺狼

宣礼声在塔尖

宣礼声呼唤世人

宣礼声启明双目

宣礼声是心绪之像

宣礼声是面容之窗

宣礼声各自诉说

宣礼声到处呼喊

宣礼声邀请信徒

宣礼声是神明的天命

---

1 宣礼声是指清真寺的宣礼塔呼集穆斯林祈祷的召唤声。

深海里的鱼

深海里的鱼
它们开枝散叶
相互追逐,嬉游在他们的海域
四处寻找它们的生计
用鳃吐息
栖息于污泥,忠实地沉游其中
虔诚地生活,呼吸所有的故事
那是存于世间万物的天性的故事

某一刻
鱼溯游而上
想寻觅湿地
美味的食物
突然间发现
那处已不复存在
被多彩的建筑墙壁覆盖
只因建造了大型水坝
和更大的城市

深海里的鱼
呼唤着所有的鱼儿
海鲈,线鳢
鲇鱼,攀鲈
应有尽有

问:

你在想什么
想迁徙去何处
答：等待一场落雨
方才迁徙
在深海底的湖泊
铺开宽阔的绿水
有许多鱼在那里
成为其中的居民

文莱森库戎
一九九二年十一月二十三日

沉　默

什么是沉默？
丛林被焚烧
在燃烧的废墟中
冲击人的心灵

什么是沉默？
我听见理想的召唤
我的尊严、心灵、自我
我所珍视的一切

什么是沉默？
证据已然明晰
丛林被焚烧
灾祸的谶文

爱与仁慈

我的主
在和平的声音中我全心全意地祈祷
给予和唤回一季的圣洁
和平覆盖大地

亚当的子孙低头颂赞
在磨难和苦痛中
用微笑托举清澈的心灵
你的恩泽和你的仁慈
我祈祷
神圣的句子——真主伟大
人类敬畏真主,专心忠诚地祈祷

我的主
深思熟虑你的爱
直到承载你的恩泽的时刻吧
也让仆人的爱与祈祷不再停息
请求将仁慈赐给见证之人
来自真主话语的爱的声律
在祈祷中俯首,在磨难和苦痛中
所有僵硬的,跪下等待你的恩泽
没有什么能够改变的
祈祷直到眼泪滴滴溢落
请求来自圣洁之物的恩泽

咖啡店趣事

嘿，老板
这个杯子怎么裂了
再给我
来一杯咖啡

我啊
血糖太高
所以咖啡里别给我加糖

对了
别忘了
我的烤面包
还要
把那荷包蛋盖上

再来两粒
溏心的
鸡蛋
配上蜂蜜
（我心说："这是我健康的蜜糖。"）

老板！
我的荷包蛋呢
记得盖在面包上面！

那人说，那颗蛋

萨米·墨斯拉

煎成整的
千万别打散了
煎一下就行了
盖在面包上

我们想问
那个老板
为什么
那个华人
他把玻璃杯里的茶
用勺子捣来捣去
捣到下面

为什么那个马来人
他在杯子里来回搅和摇晃
为什么旁边那个印度人
他从上至下
把茶拉来拉去？[1]

那个老板答道
这些不同族群的人
用自己习惯的办法
都为了把牛奶和糖
搅拌均匀
不过是
殊途同归

文莱
一九九五年六月十五日

---

[1] 拉茶是当地特色饮料，通常由印度裔制作。

勺　子

那柄勺子绣着金线
具有测量的意义
有很多种类
有长的、
短的、细的
或者其他的种类

从前
我们的民族使用勺子
来自菠萝叶、
木头、竹子
或者其他的东西

现在
如今
勺子扮演着重要的角色
满足各种需要
提供便利
达成目标

文莱森库戎
一九九六年三月十一日

成功精神

勤奋努力是成功的标志
知识与勤奋滋养繁荣
坚定信念共谋福祉
给予我们胜利的力量

智慧地展开行动
攀登幸福的高峰

坚定决心是成功的标志
虔诚地铭刻在胸膛
坚守品格共创幸福
迈向成功顶端的标志

成功精神强化力量
勤奋努力是成功精神

文莱森库戎
二〇〇〇年八月十七日

文化市集

今天欢欣雀跃

等待明日黎明的到来

遗产文化市集

我们齐聚一堂

情如兄弟姐妹

亲切友善团结一致

为世代赞颂

保护民族的文化遗产

为了我们的根脉

源远流长

代代相传

文化市集联结我们

美好社会的象征

人民安居乐业

文莱都东
二〇〇二年七月四日

萨米·墨斯拉

瑟拉云村[1]

瑟拉云
是森库戎的一个村子
许多人居住在那里
成群结队地参观
有拓展业务的便利
订餐，做生意
售卖早餐
瑟拉云村的摊位
二十五个季节过去了
每一天每一周都在售卖：
包饭，糯米卷，鼠耳糕
各式各样的马来糕点

瑟拉云村文史悠久
是人们耕种的地方
种稻，一同丰收
这是真正的族群的后裔
瑟拉云村的起源
人们种稻，猎鸟
做成稻草人
为了震慑和捕鸟
让稻谷不被鸟吃掉
百业兴旺

---

[1] 瑟拉云（Selayun）：村庄名，原意为一种铺设在水田中的绳子，用来挂稻草人，一般用树叶或织物制成，以吓跑鸟类。——原作者注

生活在声名远扬的国家
所有的努力都会有收获

文莱
二〇一一年三月二十八日

萨米·墨斯拉

卡达央马来人[1]

卡达央马来人

他名叫卡达央

源于对岸的历史传说：

印度尼西亚苏门答腊群岛

根据古老的历史

卡达央马来人

是皇室的后裔

宫中的侍从和将领

西苏门答腊的苏丹

将卡达央马来人赐给

文莱苏丹博尔基亚

成为宫廷勇士。

卡达央马来人

勤劳耕种的身影

既在山上

也在水田

他们

被博尔基亚苏丹

带到文莱达鲁萨兰王国

他们乘坐帆船

停泊在码头

登陆于甘榜杰鲁登的博林角海岸

卡达央马来人下船后

---

1 文莱马来族群包含七个民族，其中一支是卡达央马来人。

建立了村庄
命名为马甲瓦村

在马甲瓦村
卡达央马来人在旱地
耕种稻谷
种植甘蔗获取蔗糖
（其他的成为宫廷勇士）
效忠于皇室和百姓

文莱
二〇一一年三月二十八日

马来短剑

剑有七道弯

是马来人的遗产

世代相传

佩于腰间

作为装饰品

精美异常

置于我家祖宅的

客厅里

新人行并坐礼[1]时

这把剑佩于腰间

不仅是为了装饰

更是为了体现马来男子的英雄气概

文学创意小屋,文莱瑟拉云村
二〇一六年七月十四日夜

---

1 并坐礼是马来人婚礼中的一个重要仪式,新郎和新娘并坐于台上。这一仪式受印度教的影响逐渐演变而成。

巴达鲁丁
（一九四二年至今）

原名为阿旺·巴达鲁丁。他于一九四二年九月二十三日出生于文莱水村，一九九八年获得东南亚文学奖。

他于一九五〇年在文莱城马来语学校接受了基础教育，在一九五一年至一九五六年间前往文莱穆罕默德·嘉玛鲁·阿拉姆马来语学校学习。其后，他前往新加坡阿裕尼阿拉伯语学校深造，又在一九六二年于马来亚伊斯兰学院学习，并获得学院最高文凭毕业。他于一九六八年至一九七一年间于埃及爱资哈尔大学学习并获得伊斯兰法律策略专业硕士学位。巴达鲁丁曾任文莱内政部部长，自二〇一五年担任文莱宗教部长。他是文莱知名的政治家和外交家，是文莱治国哲学的倡导者。

巴达鲁丁自一九五七年起开始创作诗歌、短篇小说、随笔、广播剧和文学批评文章。在一九九三年十月九日，他获得东盟文化奖传播奖项。他的作品见于《幼童通讯》《电影和运动通讯》《时代通讯》《周日新闻》等报纸杂志，文莱广播，新加坡广播和马来广播等。他的部分作品收录于如下诗集:《马来语新诗》《呼喊》《诗歌辉耀》《马来语诗歌先锋》《神示之诗（卷二）》《协约》《明日之歌》，以及《文莱马来语文学选集》。

巴达鲁丁的诗作风格唯美，语言动人。他的大量诗作富于浓郁的伊斯兰色彩，尤其关注真主，表现真主的威严。本节所摘录的诗作更侧重于展现其风情绮丽的语言风格与细腻婉转的生活体悟。

爱之苦（写给一位朋友）

她甜蜜的双唇屏住了微笑
泛红的双目泪如泉涌
她心境郁结如灰色的荒漠
于是独自驾车离去

  她的爱悬吊在朦胧的夜里
  承诺被打破只剩虚情假意
  搁浅的爱情撕裂人心
  叫人在梦里沉沦摇摆

她心里迎来愁眉不展的时季
胸口苦痛对灵魂折磨不息

  往事隔日便烟消云散
  少女在深夜诅咒爱情
  啊，这爱情不过风花雪月
  甜言蜜语毫无真心

情意浓时哄得人心花怒放
淡了叫人心痛如地狱炙烤不息

一九五七年八月二十九日

巴达鲁丁

夜之歌（致求而不得的爱和彷徨不决的心）

笃信着神灵命运的安排
相逢自内心渴望的牵引
拥抱令胸中心火燎原
在黎明的苍白中浮现出面容和情感

灵魂复燃出离空虚的躯壳
奔向爱人摄人心魄的美丽
花儿见了都自惭形秽
在新月下凋零不敢再放

眼前仿佛爱人的倩影掠过
便睁大眼睛欲出声呼唤
（却只是日所思夜成梦）

于是
又在安息香澄澈的烟雾中
出神思慕爱人的脸庞

一九五七年十月二十五日

琳东花！

夜夜芬芳涤净身心
泥池边的爱语呼喊渐息
传至空中晦暗的云际

只见圆月被黑云掩盖
黄色的光辉在夜幕中
　　若隐若现
随后琳东花也从枝头坠下
　　枯谢凋零

如今：
落花在夜晚失去声息
往日的希望与美丽不再

盛放时受少女百般爱恋
如今从枝头跌落进黎明的水湾
沉没到水底摇曳的水草间

一九五七年十一月二十八日

巴达鲁丁

月　亮

彻夜将微笑
填满礼物和恩赐
送至前方的天际
搅动初绽的黑夜

月亮将星星串成
延向远方的珠链
在憧憬和崇拜中
第一份礼物到来

当她四处播撒宠爱
我们总需迟疑
她只会唱着歌
等候白日退去

月亮和夜晚的化身
少女搅动希望的涟漪

一九五八年一月十八日

直至明日

当我的心被刺痛时——
我从不言说
因为我知道，生活的阴晴圆缺
我无法预料

季节更替——我依旧沉默
当山岩的落屑击中我的房顶
我只说道："天意如此"
随后又在琐事中将烦恼遗忘

当星星坠向地表后
我也没有将它忘记
我对它说：此事未了
它以炫目的光亮回应
（这故事不曾完结）

而后这份感情将我的胸膛炙烤
黑色浑浊泥泞而红色凶猛张扬
我脑袋里两股声音纠缠纷扰
喋喋不休直至明日到来

一九五八年十一月二十七日

生命之中

贫穷确让生活滋味苦涩
因而令人苦恼
世人尖锐的口舌又将发起责难
将何事痛骂不休

即便事态这般反复无常
我们人类总要疑问
生活和其他所需之物
点燃未必致命的空虚之火

为何纠缠于毫无意义的争执
彼此冲突压迫不止
久而久之矛盾总需调解分明
这便是无须噤声的生与死

生命是杂乱无章的脉动
于是我们需要确信
时代的逸乐与饮下的其他毒药
回味无穷而令人陶醉

不要仅图口舌之快
而要树立高远理想
无论是谁都应从争论之中
看清并理解其本质

因此让我们放下仇恨与愤怒

理智地追求理想抱负

这样才不负生命的意义

不必抱怨贫穷和失落

一九六八年十一月二十八日

巴达鲁丁

水村的涟漪[1]

与银色月华相伴
水波在风中荡漾
如同胸中忐忑心跳
水底清澈映照无遗

水村沿岸蔓延
涟漪呼吸着——
涟漪呵
奏起生活多情的歌
涟漪嚼咬着——
涟漪呵
泛起残余的悲与痛
涟漪刺戳着——
涟漪呵
牵动人隐约的感伤

它知晓幸运的降临
知道时光流转的痕迹
闪烁的月华是它雪亮的眼睛
水波的波浪是它灵动的嘴唇

水村立在水面之上
生活其中
自由逍遥

---

1 诗歌标题原文中的文莱水村（Kampong Ayer）是世界上最大水上村落之一。

生活时被恐惧遮蔽
生活其中
一同踏入
那广袤天地

它开辟的漫长道路
却在尽处的柱石陡然蜿蜒
闪烁的月华化成悲戚的脸
水波的荡漾是未竟的诺言

水村伴着途经的流水
绽开波澜
波澜呵
静静冷冷地晃荡
又骤起浪涛
波澜呵
卷起人心中执怨
愈涌愈汹
波澜呵
将泡沫击打不休

与银色月华相伴
水波在风中荡漾
日日仿佛独怅叹息
水底清澈映照无遗

一九六五年一月

阿迪·墨瑟里
（一九四四年至今）

已出版《镜子后的形象》《枸杞》《只要一息尚存》和《豆馅麦粉糕交响乐》等多部诗集，以及短篇小说集《分散的浮萍》。主编有小说合集《沐浴夕阳红》。

恐 惧

我和我的影子

太阳偏西

感觉不寒而栗

在疯狂的热焰中我奔跑

影子追我以极速跳跃

要求我把它驱赶、分离

于是开始学习我的动作

感觉鼻息愈短促，没气，周身焦虑

影子仍在狩猎

我倏地周身瘫软无力

我纹风不动且在此入睡

怀中有黑影催眠我的梦境

我意识到这漫长的人生，有人更聪明

我被自己的影子捉弄偷窥

在生命仍青涩时

真主啊

请减轻我的恐惧

我将自身托付给你

一九八七年九月二十三日

心中秘密

秘密藏于未知
好似淹没于影子
心中必然戒备
触碰到胸口悲痛的伤痕

难忘心头的啜泣
思念如雨点落向湖面
在隐秘的沙隙中发光
从不平息

河口如花向海绽放
眼睛将寂寞述说
心理也苦楚难熬

无人对我夹道欢迎
只能想象无形的躯体
希望之水波光粼粼
也被未来的阴影遮蔽

水波澄澈如沉默的珍珠
眼角的红晕仿佛千种胭脂
将人的灵魂触动

瑟拉云森库戎

寂寞煎熬

此地太热了，汗涔涔而滴
劲风扑向脸庞
滚烫的血液焦虑不安
出乎意料地心跳！

难道我们就到此为止？
或者对话大门关起

外边的狂风愈难控制
门无法被叩开
人如犯错一般僵在那里
如同任凭风浪摆布的玩物

静静的如河边渡头上的铁柱
又或者懊悔之意有意被放走
厌倦等待没人申冤的死亡

寂静继续折磨
有的必然有
酸楚逼迫内心
未曾干涸的湖泊！

都东丹戎玛雅

张亚福
（一九五六年至今）

生于一九五六年五月八日，于一九九四年在文莱大学获得教育学学士。二〇〇四年，继续攻读马来语文学硕士学位。二〇一四年，在马来亚大学研究马来文学，获得博士学位。他是文莱教育家、文学家，也是最知名的华裔马来语作家。

他的主要作品有小说《外国人》《晨风》《在路上》《汗滴》《有意义的假期》，短篇小说集《在海上》《坠落者和沉睡者》，论文《马来方法论视角下的文莱达鲁萨兰国小说选集研究》。

多篇作品收录于儿童短篇小说集《高尚之人拥有幸运》，短篇小说集《流浪北方》《偶尔风吹》《全程》《五个同源国家的故事》，短篇小说集《度过时光》被选入五年级教学材料。还出版有短篇小说和诗集《渡过岁月桥》《诗阿柔河》《寻找神话》《两张脸》，诗集《独立孩子》《全心全意宫殿》《声音》《去往金顶》以及国王登基五十周年金禧纪念短篇小说集《最美的礼物》。

他的诗歌以优雅的风格和对自然的热情而闻名，作品经常描绘文莱美丽的自然风光，传达了对大自然深切的敬畏之情。此外,他的诗歌也常探讨社会和政治议题,展现了他作为一位才华横溢的诗人的多重面向。

张亚福

珍　珠

昨日沉落的生命书页
颗颗珍珠清晰可见
突显在记忆隙间
如晚风轻触我肩
时刻叩击我心扉
劝诱我背负它并给予它生命
绣字成词句
于忠实的纸页中
为世人蕴藏意义
为了我，为了你，也为了他
欲见世之人

啊，那一行行词！
就像一颗颗珍珠
以人性之尺视其存在
若它在心中沉没，享受它吧
若它振动了你的思想，那就去做吧
若它触动你心，更坚定它吧
若它让你变得赤裸，驱散它吧
若它刺痛了你，抹除它吧
重要的是它而不是我
我仅是描字的创作之仆
选择足以传意的文字
总能引起共鸣的意义
让那些珍珠栩栩如生

在生命的书页沉落

　　错过之前

峇当米图斯[1]

二〇一三年十月二十九日

1　峇当米图斯：文莱地名，是都东县的一个村子。

张亚福

何时再见

期待某一刻
看到时代文化雕刻者的面容
在每一页白纸上流淌
纷飞落于我的房间

摩拉岸边雕刻新的历史
在一次会面中
年轻和年长的诗人
　　　互视心与笔
如今困守在各自房间
擦亮了自己沉寂之笔

在会面的时刻
映照出会面中局促的身影
没有流畅的话语
因为彼此尚且生疏
名家和无名之人

也在留下回程的足迹后
觉得我们必须再次会面
不仅是在摩拉或是别的诗意河岸
还需要一个艺术之家；有短篇小说、戏剧、小说、散文和评论
去看我们已然能够行至多远
去听我们迄今从那学得几何
去寻找点亮自己的新知妙思
为了和志同道合之人齐头并进

更为将要独立的国家增光添彩

何时再见?

诗里亚

一九七九年十一月十一日

张亚福

我和月亮

无欲无求

就好像我已拥有所有

仿佛跃身而起，就能触碰月球

云峦卷叠，嫉妒我在夜里自由飞行

她奔月的愿望不得实现，徒然盼望到如今

我伸出双手，在晚云嫉妒的眼光里，将月亮拥入怀中

而她也施以各种阴谋诡计，阻挠我与月亮这幸福的相逢

云朵的心机我不以为意，我只是挥挥手，只在乎与月亮继续交游

如今我是多么地，多么多么地自豪，竟能置身于月亮温柔光线的怀抱里

可就在我刚刚伸出手回应月亮的拥抱时，我自己竟然也变了模样

我的身形发生了之前做梦也想不到的变化。我的模样也变得

不是我曾经所记忆的那样。我行动起来，立刻去

把我丢失的自我找寻。却大失所望。若我触碰月亮

可却失去自我，失去面孔，失去形貌，失去身体

那我又是什么东西？我惊愕而怀念过去的自己

忽然间，我睁开自己睡意蒙眬的眼睛

梦里拥抱的月亮不过窗前清辉

而我坐在床上，庆幸方才

不过南柯一梦而已

二〇一三年十月四日

爱

今日我无比渴望爱
唯有母爱跨越无尽时空

今日所叙之事关于爱
母爱并未消失在语末

把爱浇灌在心之树林
那里母亲的声音庇佑直至死寂

习得爱将家庭如网紧系的深意
在网隙间嵌着母亲爱的指南针

母亲，虽然你的声音已消逝尘世
爱的言语和思绪仍在灵魂中炽热

峇当米图斯
二〇一三年十月三十日

风

时刻将近
那风不再亲切
穿梭我的肺腑
随即使我坠落
在时间岸边

到那时
我心不存怨
睦风中履自然之责
随后融入其中空余回音
感到寒冷
感到愉悦
不复记忆痛苦

二〇一四年十二月十六日

一棵树

它的生长提供氧气
给人类和他们的同胞
让世界各国
天空的颜色变得更加美丽

但是
更重要的是
树木对世界来说
确保天气持久稳定
温室效应不生灾难
自然稳定运转
而不是
肆虐白天
肆虐夜晚
肆虐昨天
肆虐现在
肆虐明天
肆虐此处
肆虐那处

人类掌握着树木的命运
我们的手让它们保持青绿
履行自然的任务
保护绿色环境
神明终将会来
神明定然到来

虽然你不知道何时
自然的规律早晚会体现
如果我们准备好
拥抱树木
树木将凝聚成森林
我们的世界就会
变成世代和平的森林

听吧
这是我们的呼吁
树木是我们的生命
世世代代
它的生长给人类和同胞提供氧气
让世界各国天空的颜色更加美丽
保护它吧

都东
二〇〇七年六月九日

不寒的冷

雨倾泻人间毫无怜悯
水流四处漫溢
村中，河流急涨
河底生灵惊恐不安
水肆意奔流冲垮壁垒
洪流一次次冲击却失败
又一波巨浪涌来，水位急升
洪水急涨
反复翻涌而未能如愿
激起了一浪又一浪
拍碎堤岸也撕碎了心灵
村民睁大双眼惊骇不已
洪水肆意淹浸家园
这是不可饶恕的恶行

在城镇里，沟渠漫成河流
毫无顾虑地疯涨
随心所欲地泛滥
沟渠里的垃圾也幸灾乐祸
人类总是难以理解
直到灾祸降临
竭力克服的困难与不幸
源于自己无意间的行为
金钱漂浮水中悔之晚矣
在寒意中冷雨持续倾泻
遏制水灾的漫延

以免继续四处肆虐

让身体被汗水浸湿

而不是被冷雨淋透因疏忽而冷

后世的人

现在睁开眼睛

这一切都是真实

洪水是一场人祸

不该归咎于神明

二〇一二年三月二十四日

最后我在哪里

我曾经见过
身形壮硕的高三学生[1]
俯身静静地开着一辆达特桑180K[2]
他面带微笑
四处漫游

我曾经嫉妒不平
因为我手握中学毕业证
追寻我未来的生计
从家门迈向仓库的门
从家里的台阶登上办公室的台阶
从平日到城里枯燥的一日
最后我却横卧在命运的荒漠里
在自己的生命里枯瘦干涸

外来的孩子渐渐远离
梦到蓝色的云中王宫
大地未能抓紧你的脚
受到风中生灵的庇护
我思索着那道回声
涟漪在心底隐隐远去
然后带我认识自己

---

1 原文表述为"中学六年级",相当于中国的高中三年级或大学预科。
2 达特桑180K:日本日产汽车旗下的一款汽车。

最后我身在何处
我向天空低下头
深深呼吸
不愿去想我的能力与工作
为了一斗米一份生活
我不得不和微笑分别
它不再属于我

　　　　　　　　诗里亚中正中学
　　　　　　　一九八〇年一月二十三日

雨

雨
水汽凝结成滴
云中聚集
与风共舞
落入凡尘

下雨时
草木悦舞
动物齐唱
人类欢歌笑语
干旱无影无踪

雨水再次来临
草木呜咽僵硬
动物缄默警觉
人类哭泣思虑
因水漫溢成灾

雨
和世界一样古老
随时间和季节的推移而跃动
作为自然活动的丰富与多样
长久覆于世界之上直到永恒

马来奕县[1] 诗里亚
一九七九年十月六日

---

1 马来奕县：地名，是文莱的四个县之一。

张亚福

早间新闻

今天空中闪出一则新闻
把我的脚步牢牢钉住
我的孩子遭受了血红的车祸
被高速公路上的卡车碾过
我的孩子倒在血泊中

这个早晨
我挪着脚步去往医院
心中不断祈祷
愿我的孩子能够沐浴明日暖阳

这样的早间新闻
似乎已经听过太多
不同的故事，相似的悲痛
但这次轮到我的孩子成为悲剧主角

早间新闻
带着我们去医院
看到我的孩子倒在血泊里
我们淹没在眼泪中
心似刀割
我们无比虔诚地向神明祷告
期盼着孩子的康复
期待恢复往日平静
期待携手一同归家

斯里巴加湾市苏丹后医院
二〇一五年五月二十五日

母 亲

母亲
你的爱如天空
你的爱似露水

母亲
你的声音如同解药
你的笑颜把忧郁冲淡
你的眼泪令我心浸苦汁

母亲
你与我们同在天堂

母亲
我们此刻伫立墓前
心中思绪涌动如海
悲痛如露珠绵绵滴落
思念如四季往复更迭
总是萦绕心间

母亲
安息吧，在你的长眠中

一九七八年四月四日

张亚福

天选之子

值苏丹和国家元首博尔基亚陛下六十华诞之际

我的陛下
先皇亲选的皇子
作为国家的掌权者和塑造者
人民赞扬
安拉准许之人

我的陛下
在国家中
优先发展的议程
勤勉监督行政
不计时间视察
让部门各司其职

而且
人民的命运成为核心
国家发展计划接连执行
蓬勃生长
和人民共享发展成果
各地各业
热情招待前来调研的投资者
全面繁荣发展
为了国家，为了民族，为了宗教

感激吧

贫困阶层得到帮助

工人得到丰厚报酬

让人民能住有所居

劳有所得

的确

陛下关心

不计时间屈尊降临

受到每一个角落的村庄的爱戴

关心居于陋舍居民的命运

对忠诚的人民亲善和睦

帮助所需之处令百姓安乐和平

从陆地、海洋和天空探索游历自然

我的陛下

独立以来国家已经名扬世界

与世界接轨

和多国建交

在联合国发声

关心全球和全人类的事务

人民因生活在民族团结的国家而自豪

睦邻友好

人民有安全感

经济合作关系建立稳固

其他的事务也计划完善

人民为负有声名的祖国自豪

我的陛下

先皇亲选的皇子

领导文莱的人民走向统一与和平

共同争取繁荣和发展

成为所有领导人的模范

勤勉笃行

人民心存感激

锐意创新

继续履行现代文莱建筑师的任务

希望一直持续

我的陛下

先皇亲选的皇子

人民赞颂的对象

作为独立国家的掌权者

和塑造者

安拉准许之人

人民总是心存感激

与您同在

都东峇当米图斯村
二〇〇六年五月六日

退　休

我问一位同侪，明知故问：
"我们应该如何建设发展国家？"
他说："我退休了。"
"你曾经是最耀眼的决策者之一。"
他说："我退休了。"

"你承诺将为后人建设经济的城堡。"
他说："我退休了。"
"你捍卫我们主权国家的宣言曾振聋发聩。"
他说："我退休了。"
"我们应该如何保护文化？"
他说："我退休了。"

我不再问了
我低头审视自己
过去的他曾点燃人们的精神
过去的他曾经使人振奋
所有的一切都烟消云散
在退休之后都荡然无存。

突然他开口道：
"你什么时候退休？"

都东峇当米图斯
二〇〇八年二月八日

张亚福

峇当米图斯村

一

我早已熟知你的名字
你的每一片水田、山丘和丛林
没有一个对我隐藏
我深爱你的和谐
它延伸到你脉搏的每一处
即使我的血脉远在彼端

二

峇当米图斯,自我有记忆以来
有一条小路穿过村落
泥土和茅草围成房屋
学校是孩子们的希望
村童的唇角挂着微笑
水田里少年少女欢笑耕作
黄昏时分弥漫着芳香
让每个清醒的人心神爽快

三

岁月如水流逝
在村子的时光里
惊起波澜

"现代"撞碎了村子珍视之物

青蛙和小鸟无处栖身

人与自然渐生隔阂

村里的孩子们如今爱上城里的乐曲

迪斯科的旋律盖过小鸟青蛙的鸣声

混凝土森林比绿色森林美丽更甚

超市正取代水田和菜园

戏院比淡马戎[1]更令人愉悦

四

属于村子的时刻到来了

你的尊严将要重归

水稻染绿你的谷地

椰子、香蕉、榴梿和红毛丹围簇你的丘陵

在愈具挑战的城市的比较中

叛逆的孩子们定将审视自己

俯在你膝上悔悟认错

诗里亚

一九八〇年四月十六日

---

1 淡马戎：文莱杜顺人（Dusun）的一种传统仪式，杜顺人是北婆罗洲一个土著民族的统称。

张亚福

进步青年宏愿

西边来的热风继续吹
席卷每个角落
渗入生活的每个间隙
在进步青年深爱着的承载希冀的国家
野蛮地挑战一切
只为了在黑暗中维持闪耀

进步青年
深爱着国家
不愿那阵风目空一切地
肆意穿掠而过

进步青年
积蓄能量
担负责任在肩
充满忠诚、正直、纯净和勤奋
促进经济迈向顶峰

进步青年
耕种理想和希望
和阿旺·司马温[1]的精神一起
建设保卫国家的城墙
坚定不移把国家建设成为赞歌之国
团结拥护国家理念，马来伊斯兰君主制

---

1 阿旺·司马温：文莱历史传说中的英雄战士。

在内心

秉持宏愿

坚守理想心无旁骛

让带来危险的风

消失得无影无踪

进步青年

继续坚定自我

屹立于独立的国家旗帜之下

阻挡西方的风渗入毛孔

潜藏心中破坏和谐

反对世俗化的浪潮

绝不背弃自己的身份

抛弃忠诚失去自我

　　　　　　　　　　　斯里巴加湾市
　　　　　　　　　　　二〇一四年二月五日

张亚福

觅迹云端[1]

昏睡的人类从梦中惊醒

马航三七〇飞行云际

在哀伤的旅程中消失踪影

和各国的人一起

失去了与世界的联系

天海之间，陷入迷踪

挑战人类辉煌的技术

呼唤人们忘却争端

团结战胜挑战

破解谜团

不要忘记上苍

请求启示我们方向

让世人绽放笑颜

等待人们平安归来

努力将获回报

因为已被赐福

世人的期待

各方拿出先进的工具

希望指引正确方向

见到家人绽放微笑

但是海洋和云

仍旧残忍

---

1 本诗指寻找马航三七〇号航班。

不留下影踪

治愈母亲悲伤的思念

都东
二〇一四年三月十二日

张亚福

流过时代

在划时代的一页上

一九八五年四月二十三日

苏丹颁布御令宣布建立大学

为了国民国家的利益

一九八五年十月二十八日

在苏丹博尔基亚伊斯兰教师培训学校

时间之塔铭刻文莱大学的名字

在史册中占据一席之地

这里是我们民族的后裔

求知的目的地

现世和来世

无须跨越大陆

成千上万的校友

遍及全国各地

不仅在此处

在建立很久之后

文莱大学迈向知识的海岸

坚固而又美丽地伫立于东姑林克路

在世界上成为文莱的招牌

所有人民的骄傲

这是英明的国王执政的贡献

陛下的宏愿

成为教育有力的楔子

祖国的孩子自信扬帆起航

在进步的海洋中遨游

凭借掌握的知识

执掌政治、经济、文化的棋子
给国家带来光芒
拥有的知识成为精神的核心
坚忍攀登文莱二〇三五愿景的顶峰
人民爱戴的标志
国王的思想火花到达月球
划过时代的星空

译后记

《"一带一路"沿线国家经典诗歌文库·文莱诗选》所选译的文莱诗人作品多来自二十世纪四十年代至二十一世纪，多位诗人除文学创作外还在政府部门与大学中任职。纵观本书所选译诗作，可从诗咏之中提炼出若干线索：

第一是对于文莱曲折的独立历史的民族记忆以及强烈的民族认同。文莱自十六世纪中叶起先后受到葡萄牙、西班牙、荷兰等国的相继入侵，并长期受到英国殖民，直到一九八四年才彻底从英国手中取回外交与国防大权，成为一个完全独立的国家。本书所选译的不少诗作均反映出对英国殖民历史的沉痛回忆。终得独立的喜悦之情亦见于诗篇之中，如亚赫亚在一九八四年二月创作的《独立交响曲》："万岁／万岁／亲爱的人们戴着银铃／幸福喜悦鱼贯而来／在草之尖／在心之里／将爱献给土地与民族"。

第二是对文莱当代社会的反思以及对文莱国际政治互动的思考。如对于文莱国家住房计划推行困难的反思（"啊，这长久的水上生活哟／已经五年了，我弟弟都上了四年级／陆地上完工的屋子也不过零星几间。"——亚赫亚《从琼巴都到孟加勒拉城》），也可见到对于现代国家环境污染的焦虑（"刚成年的孩子们到来将你践踏／用各种方式将草地脏污／来自海口谷的锡罐四处散布／在河边污水如泉／汩汩涌出／带着异样莫名的气味与颜色。"——亚赫亚《斯里巴加湾，醒来吧》）。与此同时，亦有文莱诗人展现出放眼全球的开阔视野，例如阿迪·鲁米，他的《回到自己的家国》以南非尼尔森·曼德拉的事迹呼吁文莱读者坚定爱国信念，《猜疑不休》与《核问题》均创作于中国—东盟建立对话关系十五周年纪念峰会期间，反映出诗人对于促进国际平等对话合作的美好愿景。

第三是精神文化层面强烈的宗教情感以及对当地文化传统的继承发扬。文莱是伊斯兰教苏丹国，本书选译不少诗作均包含有浓郁的伊斯兰意象。亦有诗作直接以信众与真主之间的关系为题，例如萨米·墨斯拉的《人类还未死亡》《人类和真主》等。诗作中也可看到对于马来世界本土信仰传统的反映，例如维贾亚的《开斋节的祝福》以本土信仰中的精怪形象警醒读者时刻心向真主，萨米·墨斯拉的《卡达央马来人》和《马来短剑》则直接以当地部族和传统武器为诗咏对象。此外，本书选译的诗作中也可看到现代文莱多民族共生的多元文化图景，例如《咖啡店趣事》便以生活化的诙谐语言描绘了马来人、华人和印度裔在同一家咖啡店中用餐的场景。

  第四是对文莱独特自然风光的描绘以及对于人与自然和谐相处的美好期盼。文莱地处热带的婆罗洲北岸，自然资源丰富，风光旖旎。本书所选译诗作中常出现溪河、森林、花朵、月亮等自然意象，情景交融，妙趣横生。其中，张亚福的《我和月亮》一诗采用具象诗的形式，在诗句中想象自己同月亮、天空互动，诗句的排布则拟态圆月，别有妙趣。除此以外，多首诗作以文莱传统水村为主题，展现出人与自然共生共存的独特文化图景。

  本书的翻译工作正值新冠疫情期间，翻译团队跨越中国与文莱，克服困难通力合作。在此期间，北大印尼语专业还与文莱大学中文系成功举办了线上交流活动，加深了中国与文莱两国的青年学生彼此了解，促进双边友好往来。我们也希望本书能给国内读者提供一扇窥见文莱文学与文化之美的视窗，成为加深两国友谊的契机。翻译中的欠缺不足之处，还希望能得到读者的谅解与指正。

总 跋

经过两年多时间的筹备与组织，"'一带一路'沿线国家经典诗歌文库"终于陆续付梓出版，此刻的心情复杂而忐忑，既有对即将拨云见日的满满期待，更有即将面见读者的惴惴不安。

该项目于二〇一五年下半年开始酝酿，其中亦有不少波折和犹疑。接触这个项目的所有人都无一例外地认为，这是应该做而且只有北大才能做的事情，也无一例外地深知它的难度。

"一带一路"跨度大、范围广，多语言、多民族、多宗教、多文明交融，具有鲜明的文化多样性特征。整个沿线共有六十余个国家，计有七十八种官方或通用语言，合并相同语言后仍有五十三种语言，分属九大语系。古丝绸之路尽管开始于政治军事，繁荣于商旅交通，但其更重要的意义在于促进了人类文明的交往。它连接了中国、印度、波斯和罗马等文明古国，跨越埃及文明、巴比伦文明、印度文明、中华文明的发祥地，是东西方文明交流互鉴的重要通道。

如何更好地展现"一带一路"沿线人民的文化特质和精神财富，诗歌无疑是最好的窗口。诗歌是文学王冠上的明珠，精敛文学之魂魄，而经典诗歌则凝聚着各个国家民族的文化精神和文化理想，深刻反映沿线国家独有的价值观和对世界的认识。长期以来，中国学界和出版界一直比较重视欧美发达国家诗歌的译介与研究，对发展中国家尤其是一些弱小国家的诗歌研究存在着严重忽略的现象。我们希望通过对"一带一路"沿线国家经典诗歌的研究，深刻地了解一个国家，理解它的人民，与之建立互信，促进国内学界对"一带一路"沿线国家文学、文化和文明的了解，弥补我国诗歌文化中的短板，并为中国诗歌走向世界提供思路和借鉴，从而带动与"一带一路"沿线国家的深层次交流，为中国的对外交往和"一带一路"倡议的实施提供人文支撑。

北京大学外国语学院组织国内外相关领域的专家学者，于二〇一六年一月，正式启动"'一带一路'沿线国家经典诗歌文库"项目。该项目以北京大学人文学科的优良传统和北大外语学科的深厚积淀为基础，以研究和阐释"一带一路"沿线国家厚重的历史、文化内涵为己任，充分发挥本学科在文学、文化研究领域的传统优势和引领作用，积极配合和支持国家的"一带一路"倡议，为中外优秀文化的研究、互鉴和传播做出本学科应有的贡献。

北京大学外国语学院牵头组织的"'一带一路'沿线国家经典诗歌文库"项目，旨在翻译、收集、整理和编辑"一带一路"沿线六十余个国家的诗歌经典作品，所选诗歌范围既包括经典的作家作品，也包括由作家整理的、具有广泛影响力的史诗、民间诗歌等；既包括用对象国官方语言创作的诗歌，也包括用各种民族语言创作、广泛传播的诗歌作品。每部诗集包括诗歌发展概况、诗歌译作、作者简介等三个部分。

在此基础上，形成由五十本编译诗集构成的"'一带一路'沿线国家经典诗歌文库"第一批成果，这将弥补中国外国文学界在外国诗歌翻译与研究方面的不足，特别是对部分"一带一路"沿线国家的经典诗歌开展填补空白式的翻译与原创性研究工作具有重大意义，同时对沿线诸多历史较短的新建国家的文学史书写将具有十分重要的价值。

该项目自启动以来，先后成立了编委会和秘书组，确定项目实施方案、编译专家遴选以及编选的诗歌经典目录，并被确定为北京大学一百二十周年校庆的重要出版项目之一，得到学校、校友及社会各界的大力支持，建立起以北京大学外国语学院为核心，汇集国内外相关领域知名专家学者、翻译家的翻译、编辑团队，形成了一个具有高度共识和研究能力的学术共同体。

在这个共同体中的每个人都是幸福的，与诗为伴，以理想会友，没有功利，只有情怀。没有人问过我们为什么要做，每个人只关心怎样可以做得更好。无论是一无所有之时还是期待拿到国家出版基金支持之日，我们的翻译团队从没有过犹豫和迟疑，仿佛有没有经费支持只是我一个人需要关心的事情，而他们是信任我的。面对他们，我没有退路，唯有比他们更加勇往直前。好在我一直是被上苍眷顾和佑护的人，只要不为一己之利，就总能无往不胜。序言中，赵振江教授说了很多感谢的话，都代表我的心声，在此不再重复。我想说的是，感谢你们所有人，让我此生此世遇见你们。如果可以，我还想在此感谢我的挚爱亲人，从没有机会把"谢谢"说出口，却是你们成就了今天的我。

希望通过我们台前幕后每一个人的努力，把"'一带一路'沿线国家经典诗歌文库"项目打造成沿线国家共同参与的地域性的文化精品工程，使"文库"成为让古老文明在当代世界文化中重新焕发光彩、发挥积极作用的纽带和桥梁。

人也许渺小，但诗与精神永恒。

宁 琦
写于二〇一八年"文库"付梓前夜
北京

图书在版编目（CIP）数据

文莱诗选 / 谢侃侃，闵申等编译 . -- 北京：作家出版社，2024.4
（"一带一路"沿线国家经典诗歌文库 . 第一辑）
ISBN 978-7-5212-2730-7

Ⅰ.①文… Ⅱ.①谢…②闵… Ⅲ.①诗集 – 文莱 Ⅳ.① I344.2

中国国家版本馆 CIP 数据核字（2024）第 039312 号

文莱诗选

主　　编	赵振江
副 主 编	蒋朗朗　宁　琦　张　陵　黄怒波
编 译 者	谢侃侃　闵　申
选题策划	丹曾文化
特约编审	懿　翎
责任编辑	方　燚
装帧设计	曹全弘
出版发行	作家出版社有限公司
社　　址	北京农展馆南里 10 号　　邮　编：100125
电话传真	86-10-65067186（发行中心及邮购部）
	86-10-65004079（总编室）

E-mail:zuojia @ zuojia.net.cn
http://www.zuojiachubanshe.com

印　　刷	河北鹏润印刷有限公司
成品尺寸	160×240
字　　数	289 千
印　　张	13
版　　次	2024 年 4 月第 1 版
印　　次	2024 年 4 月第 1 次印刷

ISBN 978-7-5212-2730-7
定　　价：52.00 元

作家版图书，版权所有，侵权必究。
作家版图书，印装错误可随时退换。